カメオ

松永K三蔵

Matsunaga K Sanzo
KAMEO

講談社

カメオ

装幀　川名潤

装画　ウェイ　シュエン

野犬ですよ、野犬。五、六匹いましたかね。――そら、焦りましたよぉ。上りで追いかけて来るから下るにも下れないし。――え？ めちゃくちゃ踏みましたよ。今まで一番踏んだんじゃないですかね、レースより。だって命がけですよ？ ほんと。

京都までのソロライドの途中、丹波の山奥で、数匹の野犬と遭遇した時のことをARさんは話した。

「跳びついて来たやつに、あとちょっとでココ！ 噛まれるところでしたからね」

そう言って青いビブショーツのお尻を突き出すと、チームの皆はどっと笑った。話がウケたARさんは気を良くして立ち上がり、身振りを交えて野犬からの逃走劇を語った。

「あん時の僕、カンチェにも負けてなかったと思いますよ」

皆はまた笑った。

「せやけど、どうせまたグラベル入ったんちゃうの?」

グラベルと呼ばれる荒れた野道を走るシクロクロスにも乗るARさんを揶揄《からか》って、ナゴナゴさんが言った。

「いや、オンロードですよ。犬にグラベルもロードも関係ないじゃないですか。あいつら山の中じゃ道路の真ン中を我が物顔でうろついてますからね」

「ほんならARさんも野犬と一緒やな。ロードバイクでグラベル入っていくやん」

ドンちゃんさんがそう言うと、皆また笑った。

EVOさんに誘われて、私は彼のチームの盆休みライドに同行させてもらった。宝塚から加西《かさい》まで、ぐるりと東廻りの一八〇キロ。日も傾き、宝塚の西谷《にしたに》サービスセンターで最後の休憩を取りながら、私もチームの皆に交じって笑っていた。

EVOさんと最初に出会ったのもこの西谷のサービスセンターだった。私がソロで篠山まで行った帰り、やはりここで最後の休憩をしていた時に声を掛けられた。

「――どこまでですか?」平日に走っているロード乗りは、互いに目についた。

EVOさんはTTバイクにノースリーブのウェアで、肩から指の先まで真っ黒に焼けていた。フレームやコンポを見て、いつもどの辺りを、どのくらい走るのか、そんなことを話し合いながら、互いの実力を探る。そして相手が私など比較にならないほどの実力者であることがわかったが、それにも拘《かかわ》らず腰が低く、微笑を絶やさずに、低音で話すＥＶＯさんに、私はすっかり魅せられた。そのまま長尾山トンネルの手前の別れ道まで、お互い先頭を交代しながら曳き合って走り、「またご一緒しましょう」とＳＮＳのアカウントを交換して別れた。

ロードバイク乗り同士、擦れ違えば手を挙げて挨拶し、そうやってライドの途中で知り合って繋がりが広がっていくのはよくあることだった。

神戸市北区の物流倉庫に勤務する私は、週末の保守工事の立ち合い等で、勤務は不規則だったが、「長い休みは世間と一緒です」と言ったのをＥＶＯさんはちゃんと憶えてくれていて、盆休みや正月などには、「もしご都合が良ければ――」とわざわざ自身のチームのライドに私を誘ってくれた。

ソロライドばかりの私には、そんなＥＶＯさんの誘いがありがたかった。

そうやって数回、彼と彼のチームとライドをして、毎週末のチーム朝練には参加できなかったが、すっかり私も準メンバーの一人となっていた。

　ところが、私はEVOさんにしても、すっかり馴染みの他のメンバーにしても、知っているのはSNSのハンドルネームだけで、本名までは知らなかった。

「EVO」というハンドルネームのEVOさんは、平日も週末も走り、トライアスロンの大会に海外にまで遠征していた。仕事は「貿易関係のいろいろです」と言っていたが、それが勤めなのか自営業なのか、詳細は分からなかった。

　EVOさんのチームの仲間のことも詳しくは知らない。ARさん、ナゴナゴさん、豆さん、ドンちゃんさん、SAITOさん。「SAITO」は本名なのだろうけれど、それが「斉藤」なのか、「齋藤」なのか、はたまた「才藤」なんていう変わり種であるのかも知れなかった。

　しかしこれは、私のまわりに限ったことではなく、ロード乗り仲間には有りがちなことだった。互いの機材、フレームは勿論、コンポ、ホイール、峠のタイムや、トレーニングアプリを通じて最大心拍数ですら把握しているのに、肝心の氏名、職業については知らないことがある。

ロード乗りの笑い話に、ライド中の落車で、メンバーの一人が意識不明に陥って、慌てて救急車を呼んだまでは良いが、駆け付けた救急隊員に怪我人の氏名を尋ねられ、誰も答えられなかった、なんていう話もある。

そんなことから、ヘルメットの内側にIDカードを仕込んだり、兵士のようにドッグタグを首から提げたりするメンバーもいたが、わざわざそれを確認することも無かった。

「高見《たかみ》さんも何かアダ名ないんですか？」

ある時、EVOさんは私に訊いた。そう言われても私は適当な名前が思いつかず、チームの皆もいくつか案を出してくれたが、どの候補も結局は馴染まず、私はSNSのハンドルネームも、本名そのまま「高見」だった。

「いや、もうね、あれ犬ちゃいますよ。オオカミですよ。こぉおんなん、いましたから！」

そう言って両腕を一杯に広げて、話を盛り上げるARさんは、元実業団の選手で、チームのエースでありながら、ムードメーカーでもあった。

「――S峠、気を付けてくださいよ。高見さんもよくひとりで走るから」

少し遠くから話を聞いていた私の傍らにやって来て、腰を下ろしながらEVOさんは微笑んだ。

ARさんが語ったそんな野犬の話を私が思い出したのは、それから半年ほど経ってからだった。

倉庫の施設保全担当の私のもとに、東京本社の施設課の東《あずま》課長から電話があった。神戸の須磨に会社で保有している遊閑地がある。そこに小型の倉庫を建築するので、その担当を任せたいという話だった。私の前職が住宅デベロッパーの現場監督だからという、それだけの理由だった。

小型といっても鉄骨造の倉庫ということなので、「新築は、木造以外は分からないんですが——」と正直に言って、その役を逃れようとしたが、体調不良で休職になった前任者が既に計画を進めて建築確認も下りているので、「あとは建てるだけだから」と課長は簡単に言った。

翌日、私はバスと電車を乗り継いで建築予定地を見に行った。須磨の海岸線まで張り出した鉄拐山《てっかいざん》の裏側、窪地になった住宅街の中にその土地はあった。黄色く褪色した草叢《くさむら》に、取り払われたフェンスバリケードが無造作に集積されて、剝き出しになった地面には、既にいくつか地盤改良の痕があった。

名谷《みょうだに》インターには近かったが、なぜこんな民家に囲まれた、一〇〇坪にも満たない土地にわざわざ倉庫などを建てる必要があるのだろうかと思った。何しろそこに至る道が狭かった。交通量は多くはなかったが、一方通行でもなく、そこを行く車は、対向車が来ればもちろん、歩行者でもいるとまともに走ることができなかった。車が来ると、歩行者の方で道路に面した民家の軒下に避難しなければならず、私もその日、駅まで戻る道で、溝蓋の上を歩きながら、対向車同士が睨み合って立ち往生しているのを何度も見た。

現場から戻って、そんな疑問を愚痴交じりに所長に話すと、「経理絡みの話なんや。せやから使い道も決まってない。まぁ、とりあえず物置やろな」とタネを明かすように、この計画の出どころを話した。

「年度末完工やから工期だけは頼むわな。わざわざ経理課長からも電話あったから。

ちょっと近隣がうるさいらしいけど、ま、そこらへんはうまくやって」と付け加えた。

現場のクレーム対応を含めて建築の一切は、請負の工務店の現場監督が取り仕切るだろうから、私は施主側として、たまの現場の進捗確認と完了検査、あとは金の支払いの段取りをつければ良いだけだろうと思っていたが、それが甘かった。

工事が始まるとすぐ、隣地の居住者からのクレームが入った。工事前に、前任者と工務店の監督が町内会に声を掛け、近所の公民館で工事説明会も行い、近隣には戸別に洗剤とハンドタオルを配ったということだったが、当然それですべてが収まるわけではなかった。

「隣のご主人ですわ。近隣挨拶の時からあかんのですわ」

現場監督の中川《なかがわ》は電話口でそう言った。

「結局、うるさいってことなんでしょうけど、うちの犬がとか、安全がとか――、ちょっと現場のこと知ってるようなんですけど、なんやアレコレ言うて来て、変わったご主人で、言うてはることが、ようわからんのですわ」

既に連日文句を言われ続けているらしく、中川のうんざりしている様子が声の調子で分かった。

しかし近隣からのクレームは工事現場にはつきものなので、私はあまり気にも掛けていなかったが、そんな報告のあった翌日に、「ちょっと来てくれませんか？　施主呼べ言うてるんです」と再び中川から連絡があった。

問題をこじらせたようだった。中川の対応がまずいんじゃないかと、私は不承不承、バスと電車を乗り継いで北区の事務所から、一時間半掛けて須磨の現場に行った。

「スンマセン……」と力士のように大柄の中川は、ぺこりと頭を下げて苦笑いを見せた。「あの家のご主人ですわ」と中川は現場の西隣の戸建てを指さした。木塀を廻らせた古い家で、それもあまり手が入れられている様子もなく、ひどく荒れていた。

家に近づき、私がチャイムに手を伸ばすと、「あ、それ、壊れてます」と中川は言い、門の外から、「貫井《ぬきい》さぁん！」と大声を出した。

しばらくすると玄関の引き戸が開いて、「なんじゃあ！」と髭面で腹が丸く垂れた肥えた男が顔を出した。男は脚が悪いようで、左足を引き摺り、敷居を跨《また》ぐことにも難儀するようだった。

こめかみから後頭部にかけて癖のつよい髪が縮れていて、禿げた頭頂部がその中から突き出ていた。

一二月に入り、監督の中川も私も上着を着ていたが、男はランニングシャツ一枚で、下はステテコをヘソの上まで吊り上げて穿いていた。脂に汚れた眼鏡を掛け、髪の毛には粉をまぶしたようにフケが散らばっていた。一見して、まだリタイヤする齢ではないようだったが、とても定職に就いている様には見えなかった。

男は私の出した名刺を分捕るように手に取ると、

「高見？　あつしか？　じゅんか？　まぁ、ええわ。お前か、新しい担当は」

そう言ってから、しゃくるように顎を突き出し、疑り深そうな吊り眼を上下させ、私の顔を舐めるように見た。

「お前ら、ワシを舐めとんのやろ。引きこもりのおっさんや思って、舐めとるから、いきなりこんな工事はじめるんやろ？　舐めとるから、いきなりアタック持って来て、粉のアタック。それでしまいや言うんやろ。前の、お前とこのナントカいうの来たな。コンチワァとか言うて、東京ことば使いやがって、アホか！　普通、お隣さんにはちゃあんと図面出してやな、説明するやろ普通。

──お？　説明会？　ワシはそんな説明会は知らんど？　ワシとこにはそんなお知らせは無かったど？　お前ら全部言うてくれたか？　町内会？　何やお前ら。町内会に言うたらエエと思とるんか。言うたらそれでしまいか？　全部廻らんかい！　ほんなもん。全部や。横着すな。ズルすな！　せやろ？　お？　高見、ワシ、間違っとるか？　ワシ、クレーマーちゃうど。無茶言うてないど。それでも無理や言うんやったら、せめて粉やなくて、タレの、タレのアタックにしよや。あ？　あー液体や。だいたいわかるやろ、そんなもん。

　ほれからな、見とったら職人のマナーも全然なってないしな。朝ぁ早ようから現場の前でぼんぼんぼんぼんエンジン焚きやがって。あいつら注意しても、ハぁ、しか言いおらんがな。ハぁ、こんなんや、ハぁ。そう言うのは監督の！　おいデカいの、お前や！　お前が言わなあかんやろが！　おい、中川！　お前や！　わかっとんかい！おぉ？　なぁ高見、ちゃうか？　せやろが！　ワシもな昔は監督やっとったんじゃ。お前らも淀川区役所知っとるやろ。あれはワシがやったんじゃ。脚がこないなってもうたから上がったけどやな——。せやからワシも無茶は言わんがな。職人が朝に一服するのもわかる。わかるんや。せやから、ま、それは大目にみたるけどな。せやけど、ワシとこ、犬飼《こ》うとんじゃ。犬もかわいそうやろ。動物愛護せえよお前ら。ほんま舐めとったら工事止めたるからな！　それからなぁ——」

男はそれから二時間に亘《わた》り、私と中川にこの現場管理の杜撰《ずさん》さと、職人の程度が低いということ、それから自分語りを織り交ぜて延々と喋り続けた。その間ずっと近隣に、この男の胴間声が響き、時折、近隣住人が窓や玄関先から様子を窺っているのがわかった。

男の言う現場管理がどこまで的を射ているのか私には分からなかったが、近隣住人の意見としては、もっともなこともある。いずれにしても無下にはできず、とにかく「以後、気をつけます」と中川とともに頭を何度も下げた。ようやく解放されると、既に時刻は午後五時を回っていた。

「送りますよ」と中川は塩屋《しおや》の駅まで私を車に乗せてくれた。捕まればいつも、少なくとも一時間はあの調子だと言う。

「現場で収められればエエんですけど、――すんません。いつもあの調子で。ちょっとあのご主人が、何を言うてはんのかわからんことあるんですわ」と中川は頭を掻いた。

それも無理からぬことだと思った。現場のことから、自分の過去の話まで、話があちこちに飛び、何が良くて、何がダメなのか、結局のところ、あの男の要求が何であるかが私にも分からない。

「とにかく、話を聞けってことやと思いますよ」

そう私が言うと、中川は、ハァと呆れたように溜息をついて、

「前薗《まえぞの》さんも、着工までにあのご主人にしょっちゅう呼び出されて、かなり参ってましたからね」

どこでどう話が曲がって問題が抜け落ちたのか。前任者の前薗は、明らかに隣地の男が原因で体調不良になっていた。前薗がどういう人物だったのか。上司にはどう報告していたのか。現場から本社、本社から事務所へ。この隣地の問題は、「ちょっと近隣がうるさい」というような程度の話にまで薄まって、私に伝えられたのだった。

翌日から隣地の男は、名刺に書かれた北区の倉庫の事務所に、私あてに連日電話を

掛けて来るようになった。

「おい、またええ加減なことやっとるぞ、現場。資材雨ざらしや。あんなもんあかんわ」

「おい、ヘルメット被ってへん奴おるど」

「あかんあかん、危ないわ、あれ。足場、あれ、ブレス足りてないんとちゃうか？」

まるで監理者気取りで現場を監視し、逐一、私に報告とも苦情ともわからぬ電話を入れて来た。関係ないだろう、というような内容も多くあったが、「すぐに指示します」と私もその度に中川に連絡を入れた。しかし巡回管理の中川も現場にいたり、いなかったりで、現場の職人にはすぐに連絡を入れているようだったが、男が要求していることがどこまで現場に伝わっているのか分からなかった。

しかし隣地の男も男で、そもそも言うことは思い付きの言いっぱなし。言うだけで、その後を確認しているのか、いないのか、それは分からないが、男が更に何かを言ってくることはなかった。

それでもとにかく男は二六時中、現場の前をうろついているようで、中川が不在の時に、男がいつもの調子で呶鳴《どな》り散らして、気の荒い職人とやりあわないかと私は気が気でなかった。

　するとある時、職人から直接私に電話があり、男が現場の前で暴れていると言う。「監督は?」と訊くと、姫路の現場から急行しているということだった。私は原因を訊いたが「ようわかりませんわ、そんなもん。とにかく高見、呼べ、言うとりますわ」と連絡を寄越した鉄骨屋の職長は投げやりな調子で言った。

　事務所の車を借りて、私が駆け付けると、男は現場の前で仁王立ちになって、集まった職人たちに詰め寄っていた。

　話を聞くと、男は長物を運ぶ若い職人に、「気ぃつけよぉ」と声をかけたが無視されて、その態度が気に食わないということだった。「こっちも忙しいんですわ」と腑に落ちないその職人と、とにかく一緒に頭を下げ、そのうちに到着した中川とそれからまた二時間、男の話を聞いた。

　事務所に戻ってから、私がその隣地の男のことを所長に報告すると、「だから言うたやん。とにかく近隣とはうまくやってやぁ。いずれはお隣さんになるんやでぇ?」とそれを私の失態かのように言った。

それから施設課の課長にも報告すると、「でも金品要求じゃないんだよね？」と簡単に言われ、逆に「工期は厳守してね。あれ経理課絡みの案件だから」と改めて釘を刺された。

それでも所長は便宜を図ってくれたようで、そういうことなら現場に行くことも多くなるだろうと、廃材搬出用に使っていた軽四を使って良いと、車輛使用申請書のフォームをメールで送って寄こした。

「高見さん、すみません……。またです」と事務の小山《こやま》さんは、何か自分が悪いことでもしたように申し訳なさそうに、私に電話を取り次いだ。

連日、隣地の男からの電話が続いていた。男は何か気に食わないことがあると「おい、今からちょっと来い！」と私を現場に呼び出した。それが中川ではどうもダメらしく、「高見、お前や」と言って吼《ほ》えた。また現場を止められても困るので、私はその度に現場に行き、やはり一、二時間、男の話を延々と聞かねばならなかった。

私を呼びつけて話す時、男はたいてい犬を連れていた。男が現場の前をうろつくのは、つまり犬の散歩代わりで、脚の悪い男は自宅と現場の前を、犬を連れて何度も往復するのだった。

それが変わった犬で、初めてその犬を見た時、私はすこし妙な感じがした。いずれにしても雑種だろうが、こんな変わった犬もいるのだと思った。

躰に対して不恰好に頭が大きく、犬に言うのもおかしいが、馬面で、眼から鼻にかけて凹凸がなくのっぺりと長く、その長さの分だけ大きく口が割けていた。小さい胴体、それから尻の上にヘタのように短い尻尾が、申し訳程度についていた。

一番特徴的だったのは、すぼんだ様に顔についた小さな眼だった。基本的に愛玩動物というものは、愛くるしい大きな眼をしているのだと思っていたので、眼が小さくぼやけたような顔の犬を見て、私は変な気がした。

三角に尖った耳は、その片方だけが寝ており、見ると根元が齧《かじ》られたように少し欠けていた。白っぽい体毛が短いので、うっすらと皮膚の赤みが透けて見え、それがどこか生々しく、毛を全て刈られた羊のような陰惨さがあって、私はその犬を見るのが嫌だった。

私が訪ねると、男は一度、玄関から出て来て、「ちょっと待っとれ」と言い、家の脇を通って犬を曳いて戻って来た。外に出るならついでに、ということなのだろう。男は自由のきかない重い左脚を、一歩ごとに右脚に引き付けて歩き、その犬を連れて現場の前まで行き、現場の脇の電柱の下に立って私に説教を始めた。

犬は、私が男にどやしつけられている間、ずっと男の足元で吠えることも、鳴くこともせず、ただ退屈そうに座っていた。その座り方がまた変わっていて、後ろ脚を前に投げ出して、毛に覆われた陰嚢を見せ、地面に尻をつけて座っていた。その恰好が、まるでだらしなく座り込む中年男のようだった。そして犬は時折、その投げ出した後ろ脚で欠けた耳の裏を掻いた。

男は延々と文句を言い続ける合間にも、思い出したように、「犬もかわいそうやろ！　なぁ」とリードを引き上げた。すると犬は急に頸を吊られて「グッ」と喉を鳴らしたが、それでも小さい眼を動かさず、別に鳴きもしなかった。

「変な犬ですよ」中川も私にそう言った。どういうつもりなのか、たまに男は現場の脇の電柱に犬を括りつけたまま、自分だけは家に引っ込んで、一時間も二時間も犬をそのままにした。その間、休憩時間に中川や職人が、気まぐれに手を出しても、犬は何の反応も見せず、尻尾も振らず鳴くこともせず、ただぽつねんと座っているのだと言う。

「おっさんも、あの犬みたいに静かやったらエエんですがね」と中川は笑ったが、やはり男は連日現場にやって来ては喚《わめ》き、私に電話を掛けて来た。

男に呼び出されることが週に二度、三度になると、片手間で受けたつもりのこの仕事の為に、私の本来の業務、倉庫の保全業務にも支障が出始めた。業者との打ち合わせ時間の調整も難しくなり、ある時、男に急に現場に呼ばれたことで、私は業者とのアポを失念するというミスも犯した。

外に出ることが増えると、当然、事務処理が間に合わず、書類はどんどん溜まり、残業をする日が増えた。それにも所長は良い顔をしなかった。

「動き方、もぅちょっと考えてな」

それでも元々突貫で計画された工期は、「コレ、無理ちゃいますか」と工程表を見て他人事のように言った鉄骨屋の職長の予想通り、徐々に遅れはじめた。現場の進捗が気になる施設課の課長からは「どんな感じ？」と度々連絡が入り、所長の方にも経理課の課長から連絡が入っているようだった。

シフトで休みになると、私はロードバイクを部屋から引き出して郊外を走った。仕事で鬱屈するようなことがある時には、いつも山に向かった。

「激坂」と呼ばれる急勾配の坂と取っ組み合って格闘するように、前傾姿勢でペダルを踏み込む。そうやってぐいぐいと脚と心肺を追い込むと、いつしか抱えていた懸念が汗とともに流れ、わずかでも胸の内がすくように感じるのだった。

その週の休みも、私は逆瀬川《さかせがわ》の駅から六甲山を上り、尾根を走り裏六甲から唐櫃《からと》に下り、そこからまた上った。しかし私はペダルを踏みながらも、あの隣地の男が今こうしている間にも、現場で職人と揉めていないだろうかと不意に心配になった。果たして無事に工期内に竣工できるのだろうかという気掛かりは消えなかった。

翌朝、私は現場に直行した。朝礼に間に合うように行ったつもりだったが、現場に着いた時には、既に中川を前に十数人の職人が、職種ごとに現場敷地の中に整列していた。するとその中にひとりだけ目立つ旧式の黄色いヘルメットを被っている、明らかに違和感のある肥えた職人がいた。

隣地の男だった。現場監督の中川が何か言う度に、「ヨシッ！」と大声を出して、それにまわりの職人たちが嗤《わら》いを堪えている。

中川は私に気が付くと「あ、高見さんも、何かありますか？」と声を掛けて来た。それこそ私は、何があっても隣地の男と揉めることのないように、と職人に注意を促す為に来たのだが、その本人が何故か職人の中に混じっているので、有り体の口上と、「近隣に配慮して作業してください」とだけ言うと、男はやはり「ヨシッ！」と声を出した。

「あれ、いつからですか？」

朝礼が終わって、男が家に戻ってから私は中川に訊いた。

「三日前くらいですわ。ワシも参加したるゥ言うて諾《き》かんのですわ。あかん言うてもうるさいでしょ。また邪魔されたらかなわんし――。工期カツカツですからね。作業始まったら絶対現場に入らんことを条件に好きにさせてますわ。しゃあないでしょ」

中川は半ば笑いながら言って煙草に火を点けた。

喫煙缶の廻りに屯《たむろ》する職人たちが隣地の男を話題にしているのか、丸刈りの髪を赤く染めた職人の男が「ヨシッ！」と口真似をして皆を笑わせている。「笑かしおんで、カメオ」と煙を吐きながら別の男が言うと、子どもみたいな顔した職人も「カメオの――」と応じる。

「カメオってなんですか?」

私がまた中川に訊くと、代わって職人の一人が答えた。

「あのおっさん、カメオ言うんですよ。カメの亀に、夫ですわ」

そう言うと、他の職人が一斉にドッと笑った。

現場では事故などで万一倒れた時に、誰だか分かるように、ヘルメットには血液型とともに氏名もしくは名字が書かれていた。それはロードバイクと同様だった。隣地の男が被っていた黄色いヘルメットにもやはり氏名が書いてあったのだ。

私は事務所に戻ってから、本社から送られて来た土地の関係書類のファイルを繰った。筆界確認書の隣地所有者の欄に「貫井亀夫」と書かれてある。「亀夫」、やはりそれが男の名前らしかった。

幅が広く、よく肥えた丸い背中に短い手脚。突き出た禿頭。なるほど甲羅を背負った亀のような男だと思った。職人の皆もそれを面白く思ったのか、彼らはあの男のことを陰で「亀夫」、「亀夫」と呼んでいるらしかった。

亀夫――。両親は何を思ってそんな名前を付けたのだろう。そんなことを考えながら私が書類を拡げていると、「どないしたん?」と所長が声を掛けて来たので、「例の隣地の人です」と言うと、「亀夫……ふーん。あ、昔、黒島亀人って軍人がおったな。鶴亀の亀やから、縁起がエエんやろね」と私の疑問に答えるようにそんなことを言った。

それから、「相変わらず、なんやかんや言うてきますけど――」と中川は言っていたが、それでも朝礼に参加できて、「亀夫」は気を良くしたのか、それから暫《しばら》く現場からの呼び出しは無かった。朝礼に参加させる程度のことで大人しくなるのであれば、私は亀夫に社章入りのヘルメットでも貸してやりたいぐらいだった。

それでも工期の気掛かりから、私は度々現場に顔を出し続けた。「プレッシャーですわ。そないに来られたら」と中川は笑いながら私に文句を言ったが、私も半分はそのつもりだった。いくら私が現場の前で腕組みして睨んだところで、職人の手が進むわけではないが、他にどうしようもない私は、中川のケツを叩くつもりで現場に立った。そして現場の前に立つのは私だけでなく、やはり亀夫も姿を見せていた。

私が現場に行くと、亀夫は現場の脇にある電柱の下に犬を連れて立っている。亀夫は散歩のつもりかも知れないが、当の犬は退屈そうに亀夫の足元で、脚を放り出す例の恰好で座っている。

「おう、高見か」私が現場に来ると、亀夫は我が物顔でそう言った。そのうちに犬も私を認識するようになって、私が車から降りると、尻尾こそ振らなかったが、スッと立ち上がって私を見た。亀夫に会釈をして、現場で中川と話してから、私がまた戻ってくると、亀夫の足元で蹲《うずくま》っていた犬はまた立ち上がった。誰にでもそうなのか。何か私に期待しているのか。犬は私が近づく度に立ち上がった。

私は、そんな犬を気の毒に思った。犬は現場の前を往復することが唯一の散歩のようで、そうして死ぬまで亀夫の足元で座り続けるのだろうか。犬の寿命は一〇年そこそこ。亀夫は五〇過ぎだろうか、まだ二〇年は生きるだろうから、ずっとそのままだろう。犬はそれ以上求めることを知らず、自分が犬であることに諦めたように、悟り澄ましたように座り込んでいた。

ある時、行動予定を「直帰」にして、夕方になって私が現場へ行くと、犬は電柱に繋がれたままで、亀夫の姿がなかった。電柱に括られたリードは短く、犬は繋がれているというよりも、ほとんど吊られていて、身動きが出来ないように見えた。

西陽がそう見せるのか、近くで見ると、短い毛先に陽が反射して、乳白色の犬は胴体のうねりに沿って光沢を帯びているように見えた。私が手を出すと、犬は重たげにゆっくりと頭をあげ、薄桃色の舌をだらりと出して、小刻みに白く息を吐きながら前脚を出した。

「なんも言わんでしょ、この犬」と中川が後ろから声を掛けてきた。

「鳴く必要もないんでしょうけどね。――あん中で飼ってるんですよ」と言って、中川は亀夫の自宅の壁に張り付いて造作された波板ポリカのヤードを指さした。古くなったポリカは黄変《おうへん》して濁り、ところどころひび割れていた。真冬にこんな薄い毛で寒くないのだろうかと私は思った。

それから私は一時間ほどで現場を出たが、ついに亀夫は姿を見せず、犬は電柱に吊られたまま、車に乗って現場を去る私を見ていた。

二月の下旬になった。工程を引き直し、その通り行けば、なんとか三月末までには竣工し、検査、引き渡しが出来る段取りがついた。

「でも、ほんともう一日も余裕ないですよ。なんかあったらアウトですわ」と中川は言った。その「なんか」には天候もあったが、つまりは亀夫のことだった。

相変わらず亀夫は現場に顔を出していたが、長く現場にいた鉄骨屋や金物屋が捌《は》け、亀夫がちょっとした軽口を交わせる職人はいなくなっていた。それが面白くないのか、朝礼の参加は毎朝でなく、気紛れなものになっていた。

捌けた業者の代わりに、設備業者や内装業者が現場に出入りするようになり、「なんや？　あのおっさん」と新規のどの職人も怪訝《けげん》に思っただろうが、工期も残り僅かで、誰もそれを深く考える余裕は無かっただろうし、また中川もそういった新規の業者に、亀夫に気をつけるようにと注意をする暇も無かったのだろう。

これまで隣地の「亀夫」として現場の職人たちに特別に遇されていた亀夫は、職人たちに的外れな注意をしようが、いきなり怒鳴りつけようが赦《ゆる》されていたが、新規の業者ではそうはいかなかった。

倉庫の外部階段に貼る長尺シートの間配りをしていた職人の動線に、犬を連れた亀夫が入り込み、職人が危うく犬のリードに引っ掛かりそうになって「邪魔やでおっさん！」と吸鳴った。重い材料を担いで職人も気が立っていた。これまでの職人と違う態度に、亀夫も面食らったのだろう。「なんじゃ！」と亀夫は職人の担いでいた長尺シートのロールを肩で押し、バランスを崩した職人は九メートル巻き、重さ五〇キロにもなるロールを足元に落とした。

幸い、安全靴の上で怪我はなかったが、「何するんじゃ！」と職人は亀夫に組みついた。中川がすぐに気づいて職人を引き剝がしたが、激怒した亀夫は現場の中にまで入って来て、職人と中川を追い廻したと言う。

連絡を受けた私が現場に到着した時には、既に亀夫の姿は無かった。

中川から詳しく状況を聞くと、職人は一切手を出していないと言い、寧《むし》ろ手を出したのは亀夫の方だと言った。「叩かれたゆうか、殴られましたよ。何度も」と件《くだん》の職人は後頭部を摩《さす》った。

亀夫は現場に落ちていた塩ビ管の切れ端を手に、脚を引き摺りながら職人を追い廻したが、終いには脚が絡まって自分から顚倒《てんとう》して頭を打ち、「覚えとれよ」と吼えて、悪態をつきながら自宅に戻ったということだった。

それならば下手に謝って良いものか――。通報こそされなかったが、近隣の主婦なども数人が表に出て来ていたということなので、いずれにしてもこの騒動を収めなければならなかった。

私は中川と亀夫の自宅を訪ねた。門の外から声を掛けて随分待ったが、亀夫は出て来なかった。

出直そうと立ち去りかけたところで、引き戸が鳴って、姿を見せた亀夫の姿に、私も中川も驚いた。

ミイラ男の仮装のように、グルグルと大袈裟に頭に包帯が巻かれている。自分で巻いたのだろう、不恰好に巻き付けられた包帯は緩み、その端がヒラヒラと頭のてっぺんで旗のように揺れていた。

あてつけに、出て来る前に慌てて巻いたんじゃないかと思ったが、見ると、眼の上のあたりが薄っすらと赤く滲んでいて、顔色も血の気が失せたように土色だった。

自ら顛倒したとは言え、それを見て、流石に私も痛ましく思った。脚の悪い亀夫がどれだけ追い廻したところで、若い職人や中川に追いつけなかっただろう。他の職人たちが見守る中、犬を曳き、塩ビ管を振り廻しながら、亀夫がひとりのたうつように暴れている光景を想像した。

亀夫は何も言わず、私と中川を睨みつけた。巻き付けた包帯の下から覗く眼は、怒りに満ちていた。

――大丈夫ですか？　と私が言いかけると、

「もう許さんど、お前ら。徹底的にやったるからな」と亀夫は青褪めた顔を震わせて言った。

宣言通り、亀夫は翌日から現場の前で座り込みを始めた。

ニット帽にネックウォーマーで防寒し、ディレクターズチェアに深々と腰を沈めて、スポーツ新聞や週刊誌を読みながら一日中座った。

「触れたら通報するからな」と三メートルもある物干し竿を拡げて、現場の出入りを妨害しようとしたが、職人たちは難なく物干し竿を跳び越えたり潜ったりして、中にはリンボーダンスを披露する職人もいて、「なにしとんねん」と職人たちは亀夫を嘲《あざ》笑《わら》った。

それでも亀夫は座り込みに異常な執念を見せ、昼も現場の前でカップ麺を啜り、粘った。流石にくたびれてくると、例の如く犬を残して自宅に帰ったが、またしばらくすると犬の餌を持って戻り、座り込みを続けた。

私も工事の進捗を睨む為、ほとんど連日現場に出ていたので、何度か説得を試みたが、もはや亀夫は聞く耳をもたなかった。

週明けから車輛の出入りが始まると、亀夫は立ち上がり、物干し竿を振り廻して妨害した。やがて問題が出た。産廃のコンテナの搬出に、ユニック車でコンテナを吊る為、車を現場に横づけしようとすると、亀夫はこの時とばかりに身を挺して妨害した。同じような年度末工事を何現場も掛け持ちして駆け廻っている回収業者は、業を煮やして、「付き合いきれんわ」と、コンテナを引き取らずにそのまま帰ってしまった。

「あれでも通報するな言うんやったら、もう工事できませんよ」と流石に中川も不平を漏らした。しかし私は所長からは何があっても警察沙汰にはしてくれるなと釘を刺されていた。

そんな中川を宥《なだ》めて、「またタイミング見て説得しましょ。工期だけはなんとか――」と私が言い終わらぬうちから、「基本的には、うちは建てるだけですから、そもそも近隣さんの話はお施主さんでやってもらわんと、工期だけ言われましてもねぇ。ちょっと、もうわかりませんよ」と中川は臍《へそ》を曲げて言い、このままだともう三月末には間に合わないというようなことを仄《ほの》めかした。

近隣問題には違いなかったが、座り込みの原因は、職人の応対にもあるだろうと、苛立って私が言うと、「これまでどんだけ対応してると思ってるんですかッ！」と中川も憤懣《ふんまん》を爆発させた。

本社に進捗状況を報告すると、「なにやってんだよ！」と私は電話口でいきなり施設課の課長に怒鳴られた。それから「仲嶋《なかじま》いる？」と言われて所長に電話を代わると、そのまま所長は長く話をしていた。

亀夫の座り込みは既に六日続いていたが、七日目の昼過ぎ、犬を残したまま不意に姿を消すと、そのまま、夕方になり現場を閉める時間になっても姿を見せなかった。

日が落ちる前、サッと驟雨《しゅうう》に撫でられて、犬はその場で雨に打たれた。現場の前には濡れた犬だけが残り、濡れたアスファルトの臭いがあたりに漂った。

身動きのとれない犬は、鳴き声ひとつあげず、亀夫の抗議を代行する為、現場の脇の電柱に括りつけられていた。引き上げる職人が傍らを通ろうと、犬は吠えることも眼で追うこともせず、やはり退屈そうに顎を前脚に乗せたまま座り込んでいた。あたかもそれが刑罰で、それを甘受するかのように犬は黙然と電柱に繋がれていた。

現場のフェンスを閉めるのを手伝いながら、私はそんな犬の様子を見ていた。ふと腹が減っていないだろうかと思い、私は車に残してあった菓子パンを取り出して、それをひと切れ抛《ほう》ってやると、犬はのっそりと立ち上がって食いついた。

「あきませんって！　おっさんに見られたら何言われるかわからんですよ」中川が咎めた。

「週明け、設備の搬入続きますから、また物干しやられたら、通報しますからね」

クチャクチャと音を立てパンを食う犬を見下ろしながら、中川は言った。

週末、私はまたロードバイクを引き出し、宝塚の北部を抜けて妙見山に上った。気温が二度を下回る中、脚がまわらず、いつになく上りがきつかった。途中、右膝に感じた違和感は、帰りにはっきりとした痛みになった。私は速度を抑え、右膝を庇いながらペダルを廻した。するとチラチラ雪も降り出し、更にはタイヤのパンクにまで見舞われて、私は雪が降る中、路肩に屈み込んで、寒さに震えながらチューブ交換をする羽目になった。

翌朝、私が出社して現場に向かおうとすると、携帯電話に中川からの着信が四件もついていることに気付いた。只ならぬことだと思い、慌てて中川に電話を掛けると、待ち構えていたのか、中川はすぐに出て、

「あのおっさん、死にましたよ！　家の前、ごっつい人ですわ」と上擦った声を出した。

すぐに私は現場に向かった。何かの間違いじゃないのか――。数日前、現場の前で、踏ん反り返って座っていた亀夫が急死したと聞かされても、実感が湧かなかった。男の一人暮らしで、いい加減な食生活なら、そういうこともあるのだろうが

――。あれこれ考えながらも、同時に、これで工事は無事完工できるだろうと、私は密かに安堵していた。

現場に着くと、近所の住人が亀夫の家を囲むように集まっていた。葬儀業者だろう。亀夫の自宅の玄関を頻《しき》りに出入りする黒いスーツ姿の男たちが見えた。

集まって話している主婦たちの間では、「え？　貫井さんとこ？　ほんまに？」と訊く新しく加わった人に「――えぇ、昨晩」と主婦のひとりが眉を顰《ひそ》めて答えている。「ひとりやったからねぇ」と横から別の主婦が言った。「脳溢血ですって――あ、あの方がお姉さん」と言うと、玄関から出て来た年配の女の人が深々と頭を下げ、集まった住人に、「えらいお騒がせしまして――」と顔を伏せたまま、順々に頭を下げて廻った。

やがて私が混じった主婦たちの前にも亀夫の姉が来て、困り果てたような顔をして「どうも、生前は弟がご迷惑をおかけしました」と言った。

「この度は、ご愁傷様でございます」口々に返す主婦たちに混じって私も頭を下げた。

現場からは関係無しに、インパクトドライバーを廻す音がバリバリと響いてくる。

気兼ねした私は亀夫の姉に近づいて、名刺を差し出し、「弟さんには、随分お世話になりまして――」と、隣で工事をしている会社の担当だと伝え、現場の騒音を詫びた。

「あぁ、そうですか。えらい弟がお世話になりまして」と、人の好さそうな丸顔の亀夫の姉はただ頭を下げるだけだった。

それから私は現場に戻ったが、ふと現場の脇の電柱の下に棄てられている白い塊りに気づいた。例の犬だった。

亀夫が倒れたのはいつなのか――。それが土曜日だとすると、土曜、日曜と犬はずっと電柱に括りつけられていたことになる。土曜日に私が見た時と同じ恰好のまま、犬は地面に伏せていた。

私はすぐに電柱に括りつけられている紐を解いた。犬はのっそりと立ち上がると、私を見上げた。もともと動きが鈍いので、その緩慢な動作が異変であるのか分からない。

現場に設置された真新しい水栓から水を出し、手に受けて、それを犬の前に差し出すと、犬はゆっくりと私の手の中の水を舐めた。

「あ、犬もそのままでしたわ」

中川が現場から出て来て、軍手で手を拭いながら淡々と言った。

「それより――」と、やはり工期が厳しいと中川は言い出した。水を汲みなおし、また犬に飲ませながら、私はその中川の言い訳を聞いていた。

「やっぱり四月、入るかも知れませんわ。美装屋がつかまらんのですよ、この時期」

「美装とか外構とかは残ってもいいですよ。とにかく竣工書類、先に請求書を本社に廻せませんか？」と私は苛立って言った。

「専務に言うてみますけど、――あ、この犬も、除《の》けて貰わなあかんですね」

亀夫が死んで、この犬はどうなるのだろう。そのまま亀夫の〝遺品〟として姉が引き取るのだろうか。

私はリードを曳き、犬を連れて、まだ家の前で近所の主婦と話していた亀夫の姉のもとに向かった。

「すみません……」と私が声をかけると、「あ、ワンちゃんや！」と近所の主婦が高い声を出した。

「弟さんが飼われていた犬です。現場の前に繋いだままになってましたので……」

私がリードの持ち手を差し出したので、「えぇッ?」と亀夫の姉は事情が飲み込めずに困惑した表情のまま受け取った。亀夫が犬を飼っていたことなど知らぬようだった。それを察して、主婦の一人が解説するように言った。

「たしかねぇ、去年の秋くらいちゃうかったかなぁ。その辺連れて歩いてるのを見るようになったの」

「えぇ……そうですのぉ? いやぁ困ったわぁ。知らんかったわぁ。どないしよぉ。わたしも名古屋でしょ。マンションやしねェ。どっかに相談するしかないわぁ」

「まだ仔犬やから、誰か貰ってくれたらええんやけどねェ……」解説した主婦が言った。

「ほんとやねぇ」と相槌を打つ主婦たちは皆、自分のところはその「誰か」ではないと表明する為に口々に言った。

これ以上付き合う必要も無いので、「それでは」と言って頭を下げ、私がその場から立ち去ろうとすると、犬は急にビクビクと波打つように躰を痙攣《けいれん》させて、「グッグッグッ」と喉を鳴らしたかと思うと、いきなり「ガァアッ」と叫ぶように口から、黄色い胃液を地面に吐き出した。

「ワァーッ」と主婦たちは叫び声を上げて跳び退いて、大騒ぎになった。亀夫の姉も思わずリードを放り出した。

そのまま放っておくのは気が引けたので、私はリードを拾った。

「きっと、お腹空かしてるんじゃないですかね……。何か、餌ないですかね？」と屈み込んで犬の背中を撫でた。

空き腹に、勢いよく水を飲んだことが原因かも知れないと思うと、水を飲ませた私は、そのまま立ち去り難いように思った。

「ちょ、ちょっと見てきます——」と僅かに震えながら、狼狽《うろた》えた様子の亀夫の姉はそのまま小走りに家の中に入って行った。

亀夫の姉にとっても、弟の〝遺品〟だと言われ、降って湧いたように犬を持って来られただけでも災難だろうが、いきなり胃液を吐き散らしたそれは、一層厄介な亀夫の〝遺品〟に違いなかった。

亀夫の姉が自宅に餌を探しに戻っている間、集まった近所の主婦の中で一番年配者らしい老婆が言った。

「鶴子《つるこ》さんも苦労したやろねぇ。亀夫くん、若い頃から仕事もせんとずっと家おったから」

それを聞いて私が、「え？　ゼネコンで監督してたと言うてましたが。淀川区役所も建てたとか――」と口を挟むと、すぐにひらひらと手を振って遮り、

「そんなんホラや。妄想や。自衛隊でちょろっと営繕みたいなことやってただけや。ほんで怪我してからは、ずっと家おったんじゃ、あれ。あんなもん、まともに働いたことあれへんで」と老婆は白い舌をペロッと出した。

「これでしょうか？　なんやようけありましたわ」と亀夫の姉が、缶詰の入ったビニール袋を提げて家から出て来て、それをそのまま当然のように、私に手渡した。

仕方なく、私は缶詰の一つを開けて中身を蓋の上にひっくり返し、犬の前に置いた。すると犬はすぐに跳びついて食った。

「へぇ、シーザーやん。エエもん食べてるわ。このワンちゃん」と主婦の一人が言っ

た。

「でも、ほんと、どないしよ。困ったわぁ。わたし今日、いっぺん戻らなあかんし……。犬って新幹線乗れるんでしょうか?」とやはり亀夫の姉はこの矢庭に出現した犬の扱いに困り果てていたようだった。

「誰か、二、三日でも預かってくれたらええんやけど……」そう言って亀夫の姉は首を傾げた。

「兄ちゃん、ちょっと二、三日預かったりぃや」主婦のひとりが出し抜けに私に言った。

「いや、いや、それはちょっと——」そんな冗談に私はヘラヘラと笑った。

缶詰を食べ終わった犬は私の手を舐めた。

「ほら! 兄ちゃんに懐《なつ》いてるやん」とひどく撫で肩の主婦が言い出すと、

「ほんまや、ほんまや」とまわりの主婦も手を叩いて囃《はや》し立てた。

「ねえ、鶴子さん、ちょっとそないしてもらい。大変やんか」と例の撫で肩の主婦が話を進める。

「えぇ……。でも、ほんと、そないしてもうたら、助かりますわぁ」

と流石に本人は遠慮がちに弱々しい声で言ったが、話が冗談ではなくなってきたので、慌てた私は、「いや、いや、無理です。ウチもマンションですし——」と素早く首を振った。

「二、三日やんか。兄ちゃん、あんた車で来とるんやろ？　こんな時くらい助けたりぃな。工事で散々迷惑かけとんのやから、あんたんトコ」

「ウチらも朝からガリガリやられて迷惑しとんのやでぇ」

「せや、せやわァ」とまわりの主婦に口々に言われて、私は黙った。

「後生です。お願いします」と亀夫の姉は眉をハの字に、口を窄《すぼ》め、手を合わせて拝むような恰好で私を見た。

私と亀夫の姉は互いの電話番号を交換した。

「通夜と、明日の葬儀が終わるまで。ほんと、すみません。早ければ明日、遅くても、その翌日には必ず連絡しますんで」一語一語、頷くように語尾を切って、亀夫の姉は言った。

私が犬のリードを受け取り、缶詰が入った袋を手にすると、「ほんとにすみません、助かります、ほんとと」と亀夫の姉は何度もそう言って頭を下げた。

トボトボと歩く犬を曳いて現場に戻りながら、私は早くも後悔していた。やはり、はっきりと断るべきじゃなかったか——。ここぞとばかりに近所の主婦連中にあれこれ言われたが、現場とこの犬は関係が無く、まして私が個人的に抱え込む問題でもない。犬は現場と亀夫の家の境に立つ電柱の前で、立ち止まり、電柱の根元を「クックックッ」と嗅いで鼻先を擦りつけている。それは数少ない自分の縄張りの確認で、まさか亡き飼い主を惜しんでいる訳じゃないだろうが、犬のそんな動作がひどく哀れだった。

犬を預かる。こんなことでも、現場で揉め、私を恨んだまま死んでいったであろう亀夫への、せめてもの弔いになるだろうか。「ハッ、ハッ、ハッ」と息を吐き、薄桃色の舌を垂らして歩く犬を振り返って見て私は思った。

「あれ？　どないしたんですか？」犬を連れて戻った私を見て、中川はとぼけた声を出した。

経緯を話すと、「まぁ、大変ですもんね」と中川は苦笑いした。

私は会社の車の後部座席に犬を押し込み、「完了検査。ね、頼みますよ」と中川に声を掛けて、そのまま宝塚の自宅マンションに向かった。

おそらく初めて乗るであろう車の中で、犬は怯えて吠えるかと思ったが、吠えるどころか、動揺した様子すら見せず、後部座席のシートの上で、身を伏せて寝そべっていた。豪胆な犬だと思った。

飼われた経緯が分からないので、この犬が何歳なのか分からない。「まだ仔犬やから」と主婦の誰かが言っていたが、それはどうやって判断したのだろう。見方でもあるのだろうか。ただ小さいだけで成犬かも知れなかった。寧ろ、この落ち着き払ったような態度は、もう成犬だからではないのだろうかと私は思った。

五年前、父が退職した際に、宝塚市内に駅近の中古マンションを買ったが、住んでみてすぐ、父はやはり集合住宅は馴染まないと、売らずにいた元の家に戻ったので、その後に私がそこに住んだ。

「希望の額で売れるまで」という条件つきだったが、その「希望の額」というのが相場からかなり外れた、まさに「希望の額」なので、たまに仲介業者から内覧の申し入れはあったが、いつまでも売れずにいて、私は固都税や管理費だけの負担でそこに住み続けていた。

その「私の」マンションは規約で「ハムスターなどの小動物を除」きペット飼育は不可とされていた。いや、規約違反をして飼っている居住者もいるにはいたが、表立って飼っているのは三五戸の内、一戸だけだった。

それはもう九〇を過ぎた老婆で、ずっと密かに犬を飼っていたが、それが露見すると理事会では、犬も一三歳を超した老犬だったので、どちらも「先は長くないだろう」という温情から「一代限り」という条件で、特別にその犬の飼育を認めた。ところが老婆も犬もなかなかしぶとかった。

そんな事例があるので、規約を知らぬ振りをして、密かに犬を飼う住戸が、私の知る限りでも他に二戸あった。

マンションの駐車場は建物のすぐ手前にあった。私はそこで車を停めて犬を降ろし、人目につかぬように最上階の四階、一番奥にある私の部屋まで運び込まなければならなかった。エレベーターで居住者と鉢合わせにならないように、階段を駆け上がるとして、それでも居住者の目があるので、ゴミ袋か何かで覆うことを考えねばならなかった。できれば暗くなってから部屋に運び込む方が良かったが、私は勤務を抜けて来ているのだった。

二〇台ほどが停められるマンションの駐車場と建物との間には、目隠し代わりのヒイラギの垣根があり、そこで子どもたちが遊んでいることもあったが、幸い、私が戻った時には誰もいなかった。

駐車場の空きスペースに社用車を停めると、途中コンビニに寄って買ったゴミ袋を取り出し、犬に被せようとしたが、大人しかった犬も、流石にそれは嫌がって「ウゥウ」と唸り声を出すので、私はそれを断念せざるを得なかった。

私はあたりを見廻し、駐車場に出入りがないのを確かめると、ここであれこれ工作するよりも、犬を抱きかかえて、今のうちに階段を駆け上がった方が良いと考えた。私は犬の腹に手を廻し、両手で抱きかかえた。犬は脚をバタつかせたが、抵抗するわけでもなく私の腕に納まった。小型の犬だったが、抱えてみると骨太で、ソーセージのように肉がみっちりと詰まった重量感があった。

私は二段飛ばしで階段を駆け上がり、四階の廊下まで来ると、犬を抱えたまま廊下を走った。誰とも顔を合わせることなく部屋の前まで来て、上着のポケットに鍵を探っていると、急に隣室のドアが開いた。

篠田《しのだ》さんというひとり暮らしの四〇過ぎの女性だった。篠田さんは私の抱きかかえている「荷物」を見て、ハッとした表情で眼を丸くした。犬はいきなり現れた人間にも驚かず、吠えることもなくじっと篠田さんを見ていた。

「すみません、ちょっと知り合いから預かりまして……」咄嗟《とっさ》に私が弁解すると、篠田さんは「あ、わかりました」とだけ言い、関わりを避けるように、会釈して足早に去って行った。

部屋に入って床に降ろすと、犬はノロノロと廊下を歩き出し、あたりを確かめるように嗅ぎまわった。

マンションの部屋は、キッチン、ダイニングの他に三部屋あった。一部屋はダイニングと続き間で、そこを繋げてリビングにしていたので、奥の西側の和室を寝室、北側の洋室を趣味の部屋にして、本やロードバイクを置いていた。いずれ独身の贅沢な使い方だった。

犬はダイニングに入っても、やはり壁や床ばかり嗅ぎ廻っている。ずっと繋がれていたからか、犬は駆け廻ることもせず、ヨタヨタと老犬のように歩いた。脚の悪かった亀夫に合わせて歩くことしかなかったからなのだろうか、仔犬ならば仔犬らしくはしゃいで駆け廻っても良さそうなものだったが、やはりこの犬は小さいだけで、成犬なのかも知れなかった。

私は犬を部屋に残して仕事に戻らねばならなかった。それはひどく気掛かりなことだった。部屋に帰って来るのは何時になるか分からない。であれば腹が減る。私は預かった犬用の缶詰を開けて、適当な皿に盛って犬の前に置いた。犬はすぐに食い付いた。私は犬が食べる姿を見ながら思った。食べればそれを糞《フン》として出すだろうが、トイレはどうするのだろう。小便もするだろう。私は改めて自分が犬の飼育について全く無知であることを思い知った。

小学生の頃、兄とともに両親にねだって、必ず面倒を見るという約束で白い雑種犬を貰ったことがあった。しかし飼っていたのは家のガレージで、犬は——、ノアという名前だった。

ノアはそこで餌を食べ、そのまま繋がれたガレージで排泄していた。結局、犬は子どもの手にあまり、私と兄は約束を守れず、ノアは三木市の牧場に引き取られていった。その当時、犬は「犬」と呼ばれて外で飼うもので、まさか「ワンちゃん」などとは呼ばれず、屋内で飼うような小型の犬も私の周囲では珍しかった。

私には、そのガレージにいた犬を、兄と散歩に連れて行ったことぐらいの記憶しか無く、具体的な世話や、まして屋内での飼育の方法などは全く分からなかった。

全ては数時間前の私が、曖昧な態度を見せ、断り切れなかったことが招いたのだった。仮に一時的にせよ預かるのであれば、ちゃんと犬の飼育方法について一通り調べ、必要なものを揃え、準備してから引き取るべきだった。いや、そもそもこのマンションは、犬の飼育は不可なのだ。やはりちゃんと断るべきだったのだ。

餌を食べた犬は、ダイニングの床の真ん中で、例の後ろ脚を抛り出すような恰好で座った。幸いこの犬は、吠えもせず、奇妙なくらい大人しい。

私はダイニングを片付け、物はとにかくテーブルの上にあげ、万が一、犬が小便をしても被害が少ないように物を別の部屋に移動させた。寝室、それからロードバイクの置いてある部屋は特にしっかりと戸を閉めてから、私は家を出た。

事務所に戻り、所長に隣地の亀夫の死を報告すると、「え！　ほんまか」と言って立ち上がった所長は何の憚《はばか》りも無く、「よかったなぁ」と率直過ぎる感想を口にした。流石にそれは無いだろうと、私が反応に困った様子を見せても意に介さず、「ほんなら、工事はもう大丈夫やな？　あー良かったわぁ。他はもう問題ないよなぁ？」と訊かれて、ふと預かった犬のことを思ったが、言い出せなかった。

「はぁ、良かった。ほんま間一髪や。経理課長も上からもごっつい言われてる言うもんやから、もぉ毎日！　電話あるんや」所長は息を吐いて、腰を下ろした。

相変わらず、机の上には補修見積の依頼書や、業者の点検報告書などが山積していたが、私は部屋にいるあの犬が気になって、終業時刻になるとすぐに会社を出た。

帰りの電車の中で、私は室内での犬の飼い方についてスマホで調べた。それから当座の飼育に必要な物をリストアップした。

自宅の最寄り駅に着いた時、時刻はまだ午後八時前だった。戻ってから車でホームセンターに飼育用品を買いに走ろうと思って歩いていると、いつもの帰り道に、小さいペット用品店があった。数年間ずっとこの道を歩き続けて気付かなかったのは、まさに興味のないものは見えないということの証明だと思い、私は頭を掻くような気持ちで店に入った。

初めて入るペット用品店で、私は犬猫に関するありとあらゆる商品があることに驚いた。オモチャはもとより、靴下、歯磨き、夜間散歩用のライト、更には食糞防止用のスプレーなるものまであって、ギョッとした。会計している間、レジ横のドッグホテルのパンフが目に入った。一泊の値段は分からないが、そういえばそういうものがあった。亀夫の姉も私も思いつかなかったが、やはり何でもあるのだ。

私はその店で、犬の寝床用のクッション、餌の皿、トイレトレー、ペットシート、餌、犬用お菓子のジャーキー、犬用オモチャの縫いぐるみを買い、領収書を貰った。

店を出てマンションまで歩きながら、私は急に自分が不在にしていた数時間に、犬が部屋でどうしていたのだろうと考えた。ペットショップには当然ながら犬用のケージも置いてあった。それは当然、ニーズから生み出された商品なはずで、であれば部屋に放し飼いにしてきたあの犬は、部屋の中を駆け廻って、壁紙を掻き、糞や尿を散らかしていないだろうか。もしくは腹を空かして吠えたくっていないだろうか——。

そう思うと、私は俄《にわ》かに不安になった。ペット用品店であれこれ物色しながら、暢《のん》気《き》に買い物をしている場合でなかった。私は今更ながら慌てて、マンションまでの道を急いだ。

マンションの前まで来て、立ち止まって私は耳を澄ました。そして、犬の鳴き声が聞こえないことを確かめて、私は一気に四階まで駆け上がった。

部屋の扉を開けると、暗い部屋の中からは物音ひとつしない。意外に思った。玄関、廊下、それからダイニングと順に電気を点けていくと、ダイニングの真ん中に、犬が立ったままこちらを見上げていた。犬は鳴きもせず、尻尾も振らなかった。しかし警戒する風でもなく、ただ四つの脚でスッと立っていた。

あの現場の脇の電柱の下でもそうしていたように、私の居ない間、ずっと蹲っていたのだろうか。私が帰宅した音に立ち上がり、私の顔を見て、「あぁ、お前か」とでも思ったのだろう。それから犬は、また元の姿勢に戻るように、その場にしゃがみ込んだ。

驚いたことに、部屋にはこれといった変化は見られなかった。ある程度の被害は覚悟していただけに、私は拍子抜けした。犬は全く大人しくしていたようで、部屋は私が出て行った時のまま、保存されたように変化が無かった。

それに気を良くした私は、屈んで犬の背を撫でてやり、買って来た犬用ジャーキーをあげた。

ジャーキーにはすぐに食いついたが、同じく買って来たドライのドッグフードは、少し嗅いだだけで口をつけようとしなかった。少しお湯を掛けて軟らかくするというネットにあった方法も試みたが、ダメだった。仕方なく私は、犬用の缶詰をまたひと缶開け、ドッグフードの上にのせて混ぜてやると、犬はようやく食いついた。

ペット用品店で見たその缶詰の値段はひと缶一四〇円もした。亀夫も餌だけは良いものを食べさせていたようで、犬もすっかり舌が肥えてしまっているのだった。

犬はものの数秒で餌を食べ終わると、後ろ脚を放り出して尻をペタリと床に着ける例の恰好で座り、ぽっこり丸い薄桃色の腹を脚の間から覗かせていた。それがやっぱり風呂上がりに腹を寛《くつろ》げて座る中年オヤジのようで、どこかあの亀夫を思い出させた。

犬に餌を食べさせ、私はひと仕事終えた気分でシャワーを浴びた。

現場で散々苦労させられた隣地の男が死に、その犬を預かることになってそのまま自宅に連れ帰り、会社に戻って、ペット用品店に寄り、それから帰宅して犬に餌を食わせた。今日一日で起こったそれらのことを思うと、私は眼が回るようだった。

犬は、明日、長くても明後日までは私が預かるとして、その後はどうなるのだろう。亀夫の姉は「どっかに相談するしかない――」と言っていたが、恐らくそれは保健所だろう。気の毒なことだが、それも仕方がない。

シャワーから出ると、犬は私が買ってきた寝床用のクッションに胴体を丸めてうまく納まっていて、眼だけを上げて私を見た。とにかく犬は安心しているようだった。

部屋も荒らさず、吠えもせず、とにかく犬は大人しかった。もしこのマンションがペット飼育可でありさえすれば、私は多少の不便は忍従して、この犬を飼っても良いように思った。

いや、そう思うのも仮の話だからだろう。そんなことを考えながら私が寝室に入ろうと、部屋の戸を開けた瞬間、ヌルリと抵抗のない、粘性の個体の感触を足の裏に感じた。足裏に附着した土くれのような黒いものを見て、私は一気に現実に引き戻された。片足跳びで風呂場に戻り、足を洗いながら、動物と暮らすことの難しさを思い知らされたように思った。

翌日、また私は昨日と同様に床の物を片付けて、犬をそのままにして部屋を出た。嫌いなドライドッグフードも腹が減れば食べるだろうと、皿に山盛りにしておいた。

私が部屋を出る時、犬はやはり鳴き声ひとつ出さず、ダイニングの片隅に置いたクッションの上で私を見送った。懐かれても困ったが、この愛想の無さも、またこの犬の個性だろうか。

事務所で溜まった事務仕事を片付けていると、現場の中川から連絡があった。完了検査の日取りが決まったという。

「ギリギリなんとかなりました」と肩の荷が下りたように、中川の声も丸かった。

「お隣さん、どんな感じですか?」

「え? あぁ、昨日通夜やったようで、今日の午前中に出棺してましたわ」と中川は言ってから、

「――あ、あの犬、ええ子にしてますか?」と少し揶揄うように笑った。

だとすると今頃は火葬場だろうか。亀夫の姉も親族としてあれこれ忙しいだろうから、連絡があるとすれば早くて夕方だろう。事情が事情なだけに、こちらからは催促するような電話は掛けにくかった。

定時になると、また私は溜まった仕事をそのままにして自宅に急いだ。それまでに何度かスマホを見たが、どこからも着信はなかった。

マンションの前まで戻って来て、四階の私の部屋を見上げた。窓に明かりが見える。暗いと犬も嫌だろうと、朝出る時に、点けたままにしておいたのだった。玄関横の小窓からもぼんやりと黄色い明かりが洩れている。ひとり暮らしが長い私にしてみると、それが犬であっても、誰かが部屋にいて私を待っているということは、どこかくすぐったい感じがした。

四階まで上がって、やはり気になって耳を澄ましてみたが、犬の鳴き声は聴こえなかった。それに安心して、私が玄関の扉を開けると、瞬間、白い物体が私の足元をすり抜けた。あッと思って振り返ると、それは弾かれたように廊下を一直線に飛んで行き、角を階段の方に曲がって消えた。

私は鞄を放り出し、走って後を追った。幸い、犬は下りの階段の手前で、前脚を出したり引っ込めたりして降りられずにいたので、私は犬を捕まえることが出来た。

犬を抱いて部屋に戻ると、部屋に充満した玉葱のような臭いが鼻をつき、廊下からダイニングまで、ドッグフードの粒やティッシュが散乱しているのが目に入った。ところどころ床が濡れている。ダイニングの床にはオモチャの縫いぐるみと、嚙み裂かれたタオルが落ちていた。キッチンの把手に掛けてあったタオルだろう。立ち上がって前脚に引っ掛けたのだろうか。それを振り廻すうちにソファのサイドテーブルの上のティッシュも落ちたのか。

その状況に啞然としながらも犬を放すと、犬は昨日と打って変わってダイニングの中をパタパタと駆け廻った。そして、濡れているのはこの犬の尿で、犬は床の上のその尿溜まりを踏み、その濡れた脚でソファの上に乗り、部屋の中を駆け廻った。

いや、本来はこういうものなのだ。昨日は、はじめて来たこの部屋に警戒心があって大人しくしていたのだろうけれど、私がいない間にすっかり慣れて、歩き廻り、買ったオモチャでは飽き足らず、目につくものに跳びついて遊び廻っていたのだろう。

そう考えると、やはりこいつは仔犬なのだろうか。これまで殆ど身動きの取れない特殊な環境で亀夫に飼われ、騒ぐことも走ることも忘れていたのだろうが、環境が変わり、それにすぐ順応し、本来の習性を取り戻したようだった。

犬は突き出した鼻頭をクンクンと顫《ふる》わせて私を見上げ、キッチンの袖壁を掻いた。すでにその壁紙には何本も筋が入っている。ラックの上の缶詰を出せというのだった。山盛りにしたドッグフードは半分に減っていて、少しは食べたのか、それとも蹴散らしただけなのか。

私は缶詰を開けて皿に盛った。犬はすぐに跳びついた。躰を顫わせて食べる犬の背中を眺めながら、私はスマホを手にした。やはりまだ亀夫の姉からの連絡は無かった。親戚と集まっているのだろうか。二、三日ということだったので、今日がまだ二日目だとすると、此方から掛けるのはまだ早い気がした。が、しかし明日の朝ならば、私から掛けたとしても何の問題もないだろう。

明日も私は仕事だったが、明日には晩であっても引き取りに来て貰わなければならない。仕事終わりに、此方が車で届けても構わない。今日にでもそういった引き渡しの具体的な話をしておきたかったが、やはり、家族を亡くしたばかりの人にせっつくようなことは躊躇《ためら》われた。

翌日、私は午前九時になるのを待って、事務所の机から亀夫の姉に電話を掛けた。

「お客様のお掛けに――」

すぐに電話を切って、もう一度掛けた。

「お客様のお掛けになった電話番号は――」

「ちょ……ちょっと――」私は思わず声を洩らした。立ち上がって、また座った。

向こうの電話番号はその場で聞いて、それをそのままスマホに打ち込んだものだった。

「大丈夫、ですか？」と向かいの小山さんがパソコンモニターの脇から少し覗いて、声を掛けて来た。それに私は無言で苦笑いを返すのがやっとだった。

私が打ち間違えたのか、向こうの記憶違いか――。聞いた先方の連絡先が違っていたということに私は狼狽えた。私はすぐに席を立って、「どないしたん？」と訊く所長に「現場から、ちょっと見てくれと連絡がありまして」と適当に答え、返していた社用車の鍵を再び借りて、現場に向かった。

現場に着くと、私はすぐに亀夫の家に行き、勝手に門を開けて入り、「貫井さん！」と戸を叩いた。しかし中からは何の反応もなく、誰もいないようだった。

亀夫の姉が間違ったのか、私が打ち間違えたのか。年配で、携帯電話の操作になれていない様子だった亀夫の姉が自分の番号を伝え間違えていたとしても、向こうは私の携帯番号を手帳にメモしていたし、名刺も渡している。会社の方に掛けることもできるはずなので、全く連絡がつかなくなるということはないはずだった。

午前十時半。考えてみれば、まだ午前中だから、連絡はもしかすると今日の昼、あるいは夕方なのかも知れなかった。いずれにしても向こうから連絡があるはずなので、私はただ待てば良いのだった。

亀夫の姉はホテルだろうか、親戚の家だろうか。私は現場の前を歩きながら、亀夫の家を見上げた。外観上には何の変化も無かったが、やはりどこか住む人を失くした建物特有の暗さがあった。

現場の外構は未完のままだったが、倉庫の建物は完成していた。シルバーのガルバリウム鋼板で覆われた外観はあたりの古い住宅とは馴染まず、切り貼りしたように、不自然に浮いて見えた。「とりあえず書類保管庫やなぁ」と、所長はこれからその用途を考えると言う。明確な用途を持たされることなく建てられたこの不憫《ふびん》な建築物を完成させるという仕事を、とにかく私は片付けることが出来た。いろいろあったが、とにかく事故が無かっただけでも良しとせねばならない。

事務所に戻ると、スマホが鳴った。亀夫の姉かと思って慌てて出たが、掛けてきたのは中川だった。

完了検査で、検査機関から「モノ言い」がついたと言う。着工後の計画変更で、倉庫と事務作業をするスペースとの間仕切りは、検査後に取り付けるはずだったが、工期の遅れを取り戻す突貫工事のゴタゴタでそれが既に付いていてしまっていたと言う。つまり本来設置しなくても良いはずの壁まで設置していて、申請図面と食い違うということだった。

それを中川も、私も気づかずにいたのが問題だとしても、僅か六メートルほどの部屋の間仕切りなので、通常は「軽微な変更」として扱われ、中川もそのつもりで変更報告書も設計図書も準備していたが、検査では避難の安全性に問題があるとして、検査官に計画変更の出し直しを求められたと言う。

「じゃあ検済、間に合わないんですか？」

「いやァ、でもこの指摘、微妙じゃないですか？」と中川も納得がいかない様子で、いろいろイレギュラーがあった、と言い訳を繰り返す中川に、私は事務所内で声を荒らげた。

「微妙とかええですよ！　間に合うんか、間に合わんのか、どっちなんですか！」

向かいに座っている事務の小山さんのキーを叩く手が止まった。請求が廻り、会計処理が済んだとしても、「検査済証」が無ければ本社の方で承認されない。経理絡みの問題は所長も、東課長も一番嫌がった。

「もう一度確認して、とにかく急いでくださいよ！」

「……はい、とにかく急ぎます」電話口の中川の声は聞こえないくらい小さくなった。

報告すると、所長は「えぇッ！」と上体をのけ反らせて眼鏡を取った。かなり狼狽えた様子で、「えぇぇ？」とまた言って席を立つと、そのまま携帯電話を手に、事務所から出て行った。

するとすぐに施設課の東課長から私に、「どういうこと？」とひどく苛立った様子で電話があった。それに中川から説明を受けた通りに話をすると、

「でも結局、それ高見さんが見てなかったってことだよね？　ね？　そうでしょ？」

背中から冷たい汗が沁み出てくるのを感じた。

「……とにかく急がせますんで」と私も中川と同じようなことを言ったが、

「いいよもう。それじゃ遅せぇんだよ。工務店の現場監督の携帯教えて。もうこっちでやるから」

課長が電話の向こうで何か呟き、舌打ちをするのが聞こえて電話が切れた。

事務所に戻って来た所長から呼ばれるかと思ったが、それもないので、私はまた所

長の机に行って、社用車の鍵を返しながら、「課長から連絡ありました。すみません」と頭を下げた。

「まぁ、待とうや。東さんがやるんやろ？　じゃ、ええやん。ま、とりあえずお疲れさん」

そう言って所長は苦しそうに笑った。従業員二〇名足らずの地方の小さい倉庫で、所長にしても部下に声を荒らげたりするようなことはしたくないのだろうし、そうしたところでどうしようもなかった。経理課に予め報告するべきか考えているのか、所長はその後もずっと席を立つことはなかった。

中川からの報告は、皮肉にも今朝、私が緊急で現場に駆け付けたことの辻褄が合うかたちになった。私は力が抜けてしまって、やはりその日も早々に会社を出た。結局、その時間になっても、私のスマホにも事務所にも、亀夫の姉からの連絡は無かった。

部屋に戻ると、犬はドッグフードと、噛み裂いた布切れをあたりに撒き散らし、昨日と同じく、尿を踏んだ脚で部屋の中を駆け廻っていた。

私は掃除をしながら、数分おきにスマホを確認して、亀夫の姉からの連絡を待った。まだ葬儀の後のゴタゴタが続いているのだろうか。だとしても「遅くなってすみません」と電話の一本くらいあっても良いだろう。私は苛立った。

苛々しながらただ待つのは苦痛だったので、既に日は落ちていたが、私は憂さ晴らしに、奥の部屋からロードバイクを引き出した。ビブショーツとジャージに着替え、フレームを担ぐとホイールが廻り、チチチチとラチェットが軽い音を立てた。何の音だろうと、缶詰を食い終わった犬は鼻を舐めながら廊下まで見に来た。

私が出掛けるのが分かるのか、自分も出たいと訴えるように前脚を浮かせて立ち上がり、「クシュンッ」と鼻を鳴らした。

マンションから県道を挟んで広がる田畑を縫う道を抜け、踏切を越えて駅の北側から長尾山へ向かう坂を上った。

いつもよりも強くペダルを踏み込んでスピードを上げると、長尾山トンネルの手前で息が切れて失速した。トンネルを抜けたところの大橋の渓流は、既に青い闇の中に没していた。

ライトを照らして数台のトラックが猛スピードで下ってくる。十万道路と交わるところまで更に上って下り、そこから小河沿いの道を快速に下っていくと、薄闇の中に茅葺の民家が現れた。道の両脇から草の強い匂いが立ち上がる。まわりはすっかり田園の風景だった。

犬をそのままに部屋を出てきたが、もうそれもいいだろう。降って湧いたような仕事に散々苦労させられて、結局私は下手を打って所長もろとも追い詰められることになった。東課長はうまくやるのだろうか。それにしても、亀夫の姉は一体何をしているのか。私は腹に力を込めてペダルを廻した。

西谷を抜け、千刈《せんがり》水源の道を走り、私はいつの間にか千丈寺湖まで来ていた。湖は一面、周囲から抜け落ちたような漆黒の空間だった。湖畔脇の道をゆっくりと流し、車が三台ばかり停められるスペースにロードバイクを停め、ヘルメットを脱いだ。止まると、汗止めのバンダナから汗がどっと垂れて来て、頬を焼くように肌がひりついた。バックポケットからスマホを取り出して見た。着信は無かった。サドルに軽く腰を掛けて、私はしばらくそこで佇《たたず》んだ。

建物は完成したが、後味が悪かった。工期厳守。社内事情とは言え、当然それも含めて仕事なのだから私には何かしらのペナルティがあるのかも知れなかった。それに犬。預かった犬。亀夫の姉はどういうつもりなのだろうか——。

やがて西に見えるダム湖の管理棟の方にエンジン音が聴こえ、いくつかの光がチラチラと見えた。時刻は既に一〇時を回っていた。部屋に戻るとあの犬がいるのだった。私は気怠い気持ちを引き摺りながら、またサドルに跨《また》がった。

それから私は三日待ったが、亀夫の姉からの連絡はなかった。

その間、私は現場にも行き、亀夫の家の郵便受けに「至急連絡ください」と改めて連絡先を書いた手紙を入れた。隣や向かいの家のチャイムを鳴らして、「貫井さんのお姉さんの連絡先」を訊いてみたが、知らないということだった。それから私は、あの日私に犬を預かるように焚きつけた主婦の顔を捜しながら近所を歩いてみたが、それもムダだった。

何か事情が変わったのだろうか——。まさかあの人が好さそうな亀夫の姉が、端《はな》から騙すつもりで、私に嘘の番号を教えたとは考えにくかった。住所を訊かずにいた自分も甘かったが、もし本当に向こうがそのつもりだったのなら、それを訊いたところで意味はなかったのだ。亀夫の自宅の謄本を上げて――、などとあれこれ考えてみたが、それもまだ亀夫の名義のままであれば、意味がない。

そして私は、半年振りに兄に連絡を取った。

亀夫の姉と連絡が取れなくなってから、実はずっと考えていた。もし本当に音信不通になったらどうしようか。考えてみると、私にも全くアテが無いわけではなかった。

去年、西宮の苦楽園の山の手に家を建てた兄家族の娘が、〝ワンちゃん〟を欲しがっていたはずだった。職場に近い高槻のタワーマンションを検討していたが、「楓花《ふうか》がワンちゃん欲しい言うから」と飼いやすい戸建てに方針転換したのだった。

出来上がった家を見に行った時、夙川《しゅくがわ》の桜が咲いていたので、もうすぐ丸一年になる。一年前なら、もうとっくに飼っていてもおかしくなかったが、ダメ元で私は兄に、「犬はもう飼った？」とメッセージを送った。

もっとも、まだ飼っていなかったとしても、小学校一年生の姪が欲しがるのは、チワワやトイプードルのような愛くるしい〝ワンちゃん〟だろうから、あの奇妙な犬が候補になるかどうかは、また別の問題だった。

預かりものを勝手に譲ってもいいのかということもあったが、成り行きから考えても仕方ないだろうと私は考えた。もし万一、後から亀夫の姉から連絡があったとしても、却って感謝されるくらいだろう。

私は休みの日に再びペット用品店に行き、ネットで調べたトイレトレーニングの為に、躾《しつ》け用の小口のサイコロ肉を買い、店員にも話を聞いた。

「犬にもよりますけどね、そんなにすぐは覚えませんよォ？」

店員は少し揶揄うように笑って言った。糞尿もそうだが、部屋が荒らされることを店員に言うと、店員は「じゃあ」と奥から折り畳み式のケージや、犬用のフェンスを数種類出してきた。

「仮でしたら、コレなんかどうですか？　旅行先とかに持っていくものです。あと、このフェンスは、入られたら困るところに置いておくんです」

髪の毛を茶色く染めた四〇前後の男の店員はそう説明してくれた。

ペットフェンスだけで四五〇〇円。折り畳みケージは七〇〇〇円の商品だった。ネットならばもっと安いだろうが、すぐに必要な物だから、折り畳みケージであれば間違いないだろうと思って、私はそれを買って帰った。

部屋に戻り扉を開けると、犬は玄関で私を待ち構えていた。ややO脚の四本脚でしっかり立ち、小さい黒い眼で私を見上げている。何かを期待しているように、「ハッハッハッ」と息を吐きながら、口の端から舌を垂らしている。私が部屋に上がると、犬もクルリと向きを変えてダイニングに戻り、これ見よがしに部屋の中を駆け廻った。

私はケージを拡げた。それは六角形に拡がり、思っていたより大きなものだった。高さもあり、小型の犬ならば跳び出す心配もないように見えた。基本的に犬はこの中に入れて、トイレトレーも中に置いておけば、部屋が汚される心配はなさそうだった。

さっそく私は犬を抱きかかえて、ケージの中に入れてみた。しばらくはグルグルとケージの中を廻っていたが、そのうち後ろ脚で飛び跳ね、ここから出せと、メッシュになったケージの壁を爪で掻いた。

「最初は嫌がるかも知れませんが――」という店員の言葉通りに、それまで自由に部屋を歩き廻っていた犬は嫌なのだろう、「クゥン、クゥン」と哀願するような声を出して鳴いた。「しばらく鳴きますが、諦めますよ」と言う店員のアドバイスを信じ、私はしばらくそのままにした。

亀夫に飼われていた時は、家の外のヤードの中で、紐に縛られたままいたのだから、今も、――せめてこの部屋にいる間だけは、このくらいの不便は辛抱してもらわなければならないと私は思った。

それからも犬は媚《こび》を売るように小さく鳴いていたが、それを私が無視し、スマホを見続けていると、やがてその鳴き声が変化してきた。「ウッウッ」、「ウゥー」と呻《うな》るように短く低い声を出していたが、やがて「ウオンッ!」と隣や階下の部屋に響くような太い声で吠えはじめたので、私は慌ててケージから出した。

結局、このケージに慣れさせるトレーニングというものは、ある程度鳴いても吠えても問題の無い環境で行われるべきものだということが分かった。

あの最初の大人しい犬のままであったなら、ケージの中に入れても、後ろ脚を投げ出す例の恰好でぽつねんと座ってくれていただろうが、私の部屋に来て一週間、もうすっかり犬は、犬本来の性質を取り戻しているのだった。

ケージから出た犬は、すぐにその場でクルクルと廻りはじめた。何だろうと思っていると、躰を折り曲げて、後ろ脚を顫わせて力み始めたので、すぐにトイレトレーのところに連れて行き、そこで糞をさせた。それが出来ると私は「よしよしよし」と大袈裟に頭を撫でて躰を触り、サイコロ肉をやった。トイレトレーニングは、それの繰り返しだと言う。

私はケージを諦めて、部屋を仕切ることを考えた。そうなると、ペット用品店の店員が見せたフェンスということになるのだが、幅七〇センチくらいの衝立で四〇〇〇円はした。それがいくつ必要になるだろうか。私はこの回収の見込みのない出費に、いい加減うんざりしていたので、犬用の部屋の仕切りは、段ボールで自作することにした。私は近所のスーパーで段ボールを幾つか貰って来て、ダイニングに犬の囲いを工作した。

高さ七〇センチほどの段ボール製の犬の囲いは、私の部屋を不恰好に侵した。犬が通り抜けられる大きさの開口部を作り、私がいる間はトイレトレーの置かれた中と外を行き来出来るようにして、私は犬にトイレトレーニングを繰り返した。

気がつくと兄から返信が来ていた。

「なんだかんだでバタバタしてて、まだ飼ってやれてないや」と書いてあった。

その兄に私は、友人から譲って貰える「仔犬」がいるので一度見てみないか？　という内容のメッセージを返信した。するとすぐに兄から、「決めるのは楓花やから、一度、その犬の画像を送って」と返ってきた。

元々ダメだろうと思っていた話、その可能性がゼロではないと分かると、もしかすると何とかなるんじゃないかと私は俄かに期待しはじめた。すぐに写真を撮ろうと犬にスマホを向け、私は考えた。

可愛らしい仔犬を想像しているであろう兄家族に、この変わった犬の画像を送っても、すぐに断られるかも知れなかった。であれば、出来るだけ私がうまく撮ってやり、まず「書類審査」はパスさせてやらなければならなかった。

私は幾つもの犬の画像を検索して、可愛く撮れている画像の特徴を自分なりに考えた。色調やコントラストなどはあとでいくらでも編集できるだろうから、問題は犬のポーズ、構図だと思った。横顔にしたり、半身にしてみたり、それは人間と同じで、短所を隠し、長所を際立たせなければならなかった。

「書類審査」をパスしたところで、どのみち犬はその実体を晒さねばならないのだが、まずはこの写真で、あの犬のこれからも、私の生活も左右されるので、写真についての研究は重要だった。

犬には亀夫がつけた黒い地味な首輪がついていた。とにかくそれをもっと良いものに替え、「ワンちゃん」と呼ばれる犬のように、何か着せてみても良いように思った。

私はまたペットショップに行った。店員の男は、なんだろうと少し驚いた顔を見せて、「どうでした?」と声を掛けて来た。

「やっぱり難しいですね」と私はケージのことを言ったつもりだったが、店員の男は
「まぁ、ワンちゃんにも個性がありますから、なかなか覚えられないワンちゃんもい

ますね」と言い、トイレのことだと思ったようだった。

ネットで犬の飼育について調べる中で、首を曳かれる首輪は、犬も苦しいと書いてあった。もっとも犬に訊くことはできないが、それはそうだろう。ならば、前脚を通し、胸で固定するハーネス型にしてやろうと思ったが、安い物はわざとそうしているのか、ガチャガチャとうるさいデザインで、いかにも安っぽかった。そういうものを着けると犬まで安っぽく見えるので、私は少し無理をして、キャメル色の革製のハーネスとリードをセットで買った。それから犬用の無地のネイビーブルーのＴシャツを一枚買った。合計六〇〇〇円。一応その領収書は貰っておいた。

犬はややクリームがかった白い毛色をしていた。それにネイビーブルーのＴシャツと、キャメル色のハーネスは良く合うはずだった。

部屋に戻ると、私は犬の腹を満たして大人しくさせようと、餌をやった。

犬が餌を平らげて、少し動きが緩慢になると、私は早速、犬の撮影に取り掛かることにした。買って来た犬用のＴシャツを取り出し、犬にあててみた。Ｔシャツ姿と、小さな眼の顔が相まってコミカルに見え、良さそうだった。

犬用のTシャツは人間のものと違って、袖口が横でなく前についている。まず首を通して、それから前脚を通すのだろうけれど、犬を抱きかかえ首を通そうとすると、もうその時点で、犬はシャツの襟を嚙んで激しく抵抗した。シャツに嚙みついたまま首を振って、しまいには呻り声まで出した。「ほら、ほら」と声を掛けながら、ジャーキーもやり、私は暫く格闘してみたが、しまいに犬は明確に拒否する意思を示して、「ウォンッ！」と吠えた。私は犬にTシャツを着せることを諦めた。

ハーネスはそっと前脚を穴に踏み込ませて、そのまま犬の脚を通すと、それには素直に従った。淡いベージュ色にも見える毛色に、金色の留め金のキャメル色の革のハーネスを着けると、全体的にぐっと締まって見え、急に上等な犬に見えた。

私はスマホを構えて犬を撮った。犬はちゃんとモデルになって、四本脚でスッと立ったまま、周りを動く私を追って顔を向けた。

なるべく下から、鼻頭が大きく見えるように撮ると、キャラクターのようにうまくデフォルメされて愛らしく撮れるというのが私の研究の成果だった。しかしこの犬の眼の小ささだけはどうしようもなく、間の抜けたような印象の面構えの犬に、私の工夫がどれだけ効果があるのかは分からなかった。

私は撮った画像のコントラストや明度、彩度を散々弄《いじ》って、ようやく何枚かの画像を「大人しい犬やで」とコメントを添えて兄に送った。

「あの犬の写真、あればもっと送ってくれへん？」

翌日、会社で遅くまで残業して、ふとスマホを見ると、兄からそんなメッセージが来ていた。続く文章に「楓花が、なんかえらい気に入ったみたいで、もっと見たいって言うねん」と書いてあった。良い報せだった。

私はすぐに仕事を切り上げて帰宅すると、クッションの上で丸くなっていた犬に近寄り、新たに数枚の画像を撮って、兄に送った。

すると、しばらくして兄は知っていたのか、調べたのか、

「これ、ジャックラッセルテリア入ってるんちゃう？」と返信で訊いてきた。

「さぁどやろ。……雑種らしいけど」

そのジャックラッセルテリアなるものが、私にはどんな犬だか分からなかったが、あまり期待を持たせるのはまずいと思った。

「今度、ワンちゃん、見せてくれるように頼んでくれへん？　楓花が見たいって。かわいいんだって」

これも意外だった。ヘンテコな犬だとばかり思っていたが、子どもの視点というのは、また大人とは違うのだろう。それを証拠に兄自身の感想は一言も書かれていないのだった。

兄に送った画像は、場所が特定されないものを択《えら》んでいた。当然兄は既にその犬が私の部屋にいるとは思っていない。先方との調整を考慮してか、日にちまでは書いていなかったので、「待ち」ということなのだろう。

しかし実際のところ私は、今日の晩にでも兄の住む西宮の家まで、犬を車に乗せて見せに行くことも出来たし、そうしたかった。全くそうしたい。しかしあまり急いでは、持て余した犬を押し付けられるんじゃないかと勘繰られ、警戒されそうなので、――事実は全くそうであったが、ここは辛抱して、犬に値打ちをつける為にも、改めて日にちを設定する方が良いと思った。

「じゃ、いつ預かれるかきいてみる」と私は兄にメッセージを返した。

件の新築倉庫はどうなったのか。あれきり所長は何も言って来なかった。代わりに小山さんが、給湯室でお湯を沸かしていた私に歩み寄って、「……高見さんは悪くないですよ」と愚痴をこぼすように言った。

「いや、俺の確認不足やわ」

仔細を知らないはずの小山さんが私を擁護してくれるのには、もしかすると別の理由があるのかも知れなかった。

何か外で作業をするわけでもないのに、小山さんはいつも作業着を着て、ひとつ括りの、のっぺりとした髪型で、目立たず、まだ二〇代のはずだったが、事務所の男性社員たちからヒヤかされることもなかった。

私は向かいの席に座っているので、ふと小山さんの顔が目に入ることもあって、彼女がほぼシンメトリの、整った顔をしているのを知っていた。そして、机に犬の写真が飾ってあることも知っていたが、今までそれを私は何とも思わず、話題にすることもなかった。

「小山さん、犬飼ってるやんね？」

「はい！　パグです。シシマルっていうんです。可愛いですよ。高見さんも犬、好きなんですか？」小山さんは早口になった。

「ちょっとね。兄貴が飼いはじめてね……」

「何飼ってるんですか？――」

私もまだいろいろ聞きたかったが、ちょうど所長が冷めた茶を捨てに給湯室に入って来たので、私は会釈をしてその場を離れた。

ジャックラッセルテリア。兄はそんな犬種を書いていた。私は帰りの電車の中で、その犬種の画像を検索してみた。なるほど確かに短毛であることや、体型が似ているようだった。しかし従順そうにペタリと寝た耳や、愛嬌のある眼はあの犬と違っていた。

解説を読むと、猟犬としてつくられた為に「忠実で友好的な性格」だと書いている。小型犬。これに私は安心した。小型犬であれば、仮に今が仔犬であっても、恐らくそれほど大きくならず、女の子が飼うにも丁度良いはずだった。

いずれにしても雑種なら、解説の通りでないだろうが、それでもそんな血が入っているとすれば懐きやすいんじゃないだろうか。これはひとつの好材料だった。

しかし、それから何となく犬種についてのサイトを眺めていると、私はある犬の画像に釘付けになった。眼が小さく面長で、毛色は違っていたが、体毛の短さ、尖った三角の耳。大きく割けた口――。あの犬にそっくりだった。私は慌ててその画像の犬の犬種を調べた。

「ブルテリア」と書かれてあった。ピンと張った尻尾や、毛色は違ったが、下手すれば純血種じゃないかと思えるほど、あの犬に似ていた。中型犬。そして「闘犬種」と書いてあるのを見つけて、私はギョッとした。

道みち、私はスマホの画面から眼を離さず、その「ブルテリア」なる犬種について調べながら歩いた。〝ブルドッグとテリアを交配し、闘争性と敏捷性を兼ね備え――〟。

「こんばんは」横からいきなり声を掛けられた時、私は既にマンションの敷地内を歩いていた。階段の入り口の集合ポストで投函チラシを丸めて団子にしながら、背の低い老人が会釈をして、ニコニコと人懐っこい笑みを見せて近づいて来た。三階に住む、砂川《すながわ》という老人だった。みっともないと思われたかと、私は慌ててスマホをしま

って、会釈を返すと、砂川さんは、

「最近、鳴き声、聴こえませんか？」と藪から棒に訊いて来た。

私はギクリとして、「鳴き声？　何の鳴き声ですか？」とトボけてみたが、砂川さんは掲示板に貼ってある「お知らせ」を、チラシの団子で指して言った。

「犬ですわぁ。まぁーた誰か飼ってるようなんですよ」

その声の調子には呆れと苛立ちが籠っていた。恐らく一応の公認を得ているあの老婆のことも面白く思っていないのだろう。

掲示板には管理組合の「お知らせ」に「ペット飼育の禁止」と題された新しい紙が貼ってあった。この砂川さんが管理会社に依頼したのかも知れなかった。彼はこのマンションの万年副理事長だった。体面上、理事長だけは毎年代えたが、自分は「副」ということで理事会に居座り続け、操作しているという評判で、この人物を煙たがる住人も多かった。

「さぁ、私も日中は出ておりますから。——やっぱり松本《まつもと》さんのところじゃないんですか？」

と例の老婆の所為《せい》にしてみたが、

「いや、わたしにはどうもね、上から聴こえてくるように思うんですよ」

砂川さんはその後もしばらくポストの廻りをうろついて、帰宅する住人ひとりひとりに聞き取りをしているようだった。

まさか既に私に目星をつけているわけではないだろうが、松本さんは一階。三階に住む砂川さんが、上から聴こえると言えば、それはもう四階しかないので、私も当然容疑者の一人という訳だった。

部屋に戻ると、犬は囲いの中で飛び跳ねた。引っ掻いたのか、囲いの段ボールの壁が削れてボロボロになっていた。もしかすると日中、鳴き声を出しながらずっとこの壁を掻いていたのかも知れない。

私は囲いから出してやろうと犬を抱え上げると、以前にも増して中身がぐっと詰まったような重量感があった。

餌をやりながら、電車の中で調べたブルテリアの画像と犬とを見比べた。

改めて見れば、ブルドッグのように脚が胴体の外にやや張り出して、がっちりと地面を捉えて踏ん張りのきくような体型だった。ペチャペチャと音をたてながら缶詰の餌を食う大きく割れた口で、牛の喉元に嚙みつくのだろうか。喉をビクビクと動かしながら、犬は顔を上げて黒い眼で私を見た。

この、闘犬種の血が混じっているかも知れない犬を、姪に譲って大丈夫だろうか。私は俄かに不安に襲われた。

その晩、ガサガサと何かを削るような物音で私は眼を覚ました。隣室のダイニングから聴こえてくる。ダイニングの明かりを点けると、犬が「クウン、クウン」と媚びるように鳴きながら、段ボール衝立を削っていた。私を見ると、犬は囲いの中で飛び跳ねて一声「ウオンッ！」と高く吠えた。私は慌てて犬を抱きかかえた。

もしかすると日中も、そうやってガサガサと囲いの段ボールを搔き、鳴き続けていたのだろうか。私は犬を囲いの外に出して、ダイニングを自由に歩かせる他は無かった。

翌朝、私はすぐ兄にメッセージを送った。

「この週末でも良いみたいやけど、どうかな？」

するとすぐに返信があり、「ごめん、今週末は土日とも結花《ゆか》が楓花を連れて実家に帰ってて――」と都合が合わず、次の週末に連れて行くことにして、私はもうしばらくこの犬と過ごさねばならなかった。

私は、また以前の業務に戻っていた。あの須磨の新築倉庫はどうなったのか。中川に連絡して訊いてみようかと思ったが、今更余計なことをするな、と課長から言われるのも嫌なので、所長から声を掛けられるのを待った。

「鳴くのって、何か対策あるんかな？」私は、向かいの席の小山さんに訊いた。

「え？　犬の？　ムダ吠えですか？」小山さんはパソコンモニターの脇から顔を覗かせて訊き返した。

「犬にしたら、ムダじゃないんやろうけど――」思わず私は笑った。

「あんまり鳴かないようにするのって……、やっぱりしつけかな？」

「それでしたら、散歩をたくさんさせて、疲れさせるというか、走らせてストレス発散させてあげるのがいいですよ！　そしたらムダ吠えは減りますよ。シシマルも公園でいっぱい走らせたら、その日はずっとソファで寝てますから」

そう言って小山さんはスマホを取り出し、ソファに腹を見せて寝そべる黒いパグの画像を私に見せた。なるほどそれは有効な解決法だと思った。問題は、私がそう簡単に部屋からあの犬を外に出せないことだった。

私は定時で仕事を終え、机に鞄を載せて立ち上がると、小山さんが顔をあげた。

「早いですね。もしかして散歩してあげるんですか？　お兄さんとこのワンちゃん」

「そやね。ちょっと寄ってみるわ」

会社を出ると、底の黒い雲が濃淡をつくりながら重なり合い、空が鳴っていた。八〇年代に開発されたこのあたりは、大型マンションや会社の社屋が多く建ち、良く言えば近未来都市、悪く言えば無機質な灰色の風景だった。すっきりとしないこんな天気の日には、ますます陰気な風景に見えた。

帰りながら、私は犬の散歩の方法について考えた。どうしたって四階から犬を降ろして、車に乗せなければならないので、もうそれは人目につきにくい深夜に出るしかなかった。

車に乗せて山を越え、それこそロードバイクで走る西谷の、あの田園地帯まで行って、あたりの適当な草地で走らせてやろう。

西宮まで戻って来た頃には風が出ていた。私は早足で駅の階段を降りた。今日は囲いの外に犬を出してきたが、それでも鳴いているのかも知れない。今こうしている間にも犬が吠えて、砂川さんと管理会社の担当が、私の部屋の前に詰めかけているかも知れなかった。

強風が犬の鳴き声をうまく消してくれていれば良いが――。宝塚につくと風は台風のような勢いで猛烈に吹いていた。私は自宅まで駆けた。いつものようにマンションの前で耳を澄まし、四階に上がってまた耳を澄ましてみたが、犬の鳴き声は聴こえず、私は少し安堵した。

その日、私は犬に餌をやってシャワーを浴びると、早々に横になって仮眠をとった。音を立てて窓を揺らす強風は、ニュースによると、春一番だという。そんな晩には余計に出歩く住人もいないだろうから、犬を連れ出すには好都合だった。

午前〇時になって私は起き出して支度をはじめた。犬はまた私が出て行くのだろうと思ったのか、クッションの上に丸くなったまま私の顔を見上げている。

私は膝を叩いて犬を呼び、犬の脚にハーネスを通すと、ようやく犬もどこかに連れ出されることに気づき、嬉しいのか、小指ほどの短い尻尾を振りながらパタパタと部屋を走り廻った。私は「おい、おい」と犬を大人しくさせて捕まえ、毛布に包んで抱きかかえた。玄関扉の覗き穴から外の様子を確かめた。ガタガタと窓を揺らす風の音ばかりが騒々しく、蛍光灯が白々と照らす廊下には誰もいなかった。すぐに私は廊下に出て、犬を抱いて駐車場まで走った。

山に向かう道を走る車の中で、犬は窓の縁に前脚を掛けて外を見ていた。橙色に光る山の手の住宅街の灯が絶えて、長尾山トンネルを抜けると、後はただ闇だった。山間を吹く風が唸るように低く聴こえる。時折、カチカチと窓ガラスを爪で鳴らしながら犬は飽きもせず外ばかり眺めていた。私はロードバイクで走るのと同じルートで西谷まで下って行った。

水で薄く溶いた墨のような灰色の空の下、田畑の中に黒くひと塊りの森が見えた。裾野に樹々が流れ出たように迫り出して、そこだけは緑色の外灯の光が見える。確か、そこは小さな公園になっていて、駐車場もあるはずだった。

農道を辿って行くと、やはり田圃の脇の道に沿って細長い駐車場があった。車は一台も停まっていなかった。森はそのまま県立の公園になっていて、手前に草原になった空き地があった。

私は車を停め、リードを着けて犬を外に出すと、堪えきれぬと言わんばかりに犬は私を曳いて、ぐいぐいと空き地に向かおうとする。犬は面長の鼻を顫わせ、土の匂いを辿るように前進した。

草原で犬は草の根に鼻頭を突っ込み、土を嗅ぎ、萌黄色の艶やかな細い草を食《は》んだ。あたりに誰もいないことを確かめて、私はリードを外した。しかし犬はその細いツヤツヤした草を嚙んでばかりいて、一向に走ろうとしない。

これでは運動にならないし、疲れもしない。出来ればくたびれるまで駆け廻って、それで明日一日は疲れて、静かにしてくれていれば良いのだが——。しかし犬は、恐らくは初めての野辺の草地に、どう遊んで良いのか分からないのか、全く駆けようとしない。

「おい、ほら——」私は犬の尻を押したり、手を叩いたりしながら、駆けるように促した。それでもやはり犬は草の根に鼻を突っ込んだまま、「ブッ、ブッ、ブッ」と豚のように鼻を鳴らして新芽を食んでいる。

やがて犬は頭を上げて、確かめるようにあたりを見渡したが、それでも鼻の頭を舐めながら、ただ薄闇に溶けた灰色の野辺を見ているだけだった。

すると一陣、風が頭上の樹々を揺らして葉を散らし、轟音とともに犬と私に吹き降りてきた。瞬間、犬はドッと弾かれたように駆け出した。私は、あッと思った。凄まじい速力だった。一直線に森の木立を目掛けて野辺を駆けて行く。いや、逃げ出しているのか——。

私は慌てて、「おいッ、おいッ!」と犬を呼んだ。ズボンのポケットに入れていたサイコロ肉を摑み出し、「おーいッ!」と手を振った。すると犬は向きを変え、こちらに向かって突進して来た。しかし私の予想を裏切って、犬はそのまま私の傍らを通り過ぎると、今度は反対側の道路に向かって駆けて行った。そうして道路の際まで来ると、またクルリと向きを変えて、また別の方向に駆けて行く。弾かれたピンボールのように、向きを変えながら、私の存在を無視し、身を顫わせながら全速力で駆け廻った。私は呆気に取られてその様子に見入った。

この犬の来歴は分からない。ちゃんとペットショップで買われたものなのか、亀夫が誰かから貰って来たのか、拾ったのか。犬は初めて、自らの躰を、脚を、試すように駆けた。嬉しいのだろう。ずっとヤードの中に押し込められて、そのまま「犬の一生」を終えるかも知れなかった犬。——行け、行け！　行け！　その犬の姿に、私は心の内で叫んだ。

犬は木の葉が吹き散る草原の中を駆け廻った。時折、外灯の明かりに体毛が光り、その下の背中の筋肉が透けて見えた。それは背中から肩まで幾つも筋を刻み、波うつように隆起して躍動した。私はそれに眼を瞠《みは》ると同時に、改めてこの犬が持つであろう血筋を思い出して、不安に駆られた。

草叢に跳び込み、やがて犬は草地に捨てられていたゴムチューブ片を見つけて出て来ると、前脚で捕らえて、「ウゥー」と低い唸り声を出しながら、それを噛み裂こうと激しく頸を振った。

闘う為に掛け合わされてきたその血が、今更ながら熱く騒ぐのだろうか。吹き荒れる風と戯れるように、犬はいつまでも草地を駆け廻っていた。

翌日、私が部屋を出る時、犬はくったりと疲れたように、クッションの上から身を起こさなかった。効果があったのだ。しかし、そんな真夜中の散歩は、犬にも効いたが、夜中に車を運転して山を越えた私にも効いた。翌朝は身体が重く、眠気がひどかったが、それもあと少しの辛抱だと思い、それから連日、私は、午前零時に犬を山に連れて行った。

するとある晩、私が支度をしていると、また走りに行けることを察した犬は、待ちきれぬとばかりに部屋を駆け廻り、私を急かして吠え立てた。

私は犬を抱きかかえて玄関に向かい、扉を少し開けたが、その拍子に車のキーを落として、それを拾おうと一瞬犬を土間に降ろすと、犬は閉まりかけていた扉の隙間を見逃さず、恐るべき敏捷さでスルリと外に抜け出した。

あッと思って、すぐに扉を蹴って犬を追ったが、既に犬は廊下を突っ切り、もう躊躇うことなく、滑るように階段を駆け下りていた。

私が二階の踊り場を廻っていると、地面に降りた犬が駐車場に駆け出していくのが見えた。

「待てッ！　待てッ！　おい、ストップッ！」

私は夢中になって叫んだ。しかし犬は駐車場を物凄い疾《はや》さで横切り、道路に向かって駆けて行く。東西に抜ける表の道路はいつも交通量が多く、深夜でも車の往来があった。瞬間、犬が車に轢《ひ》かれ、赤く染り、布切れのようになった半身を引き摺りながら、道路から逃れようとする姿が私の脳裏に浮かんだ。

「カメオッ！」思わず私は、自分でも思いがけない名前を叫んだ。

犬の前を、真砂土を満載した巨大なダンプがドシンドシンと車体を揺らしながら横切った。それに怯えた犬は躊躇って、道路の手前でクルクルと廻った。その隙に追いついた私はタックルするように跳びかかって犬を捕まえた。

それから私は犬を車に乗せ、山に向かいながら考えた。

なぜ「カメオ」という名前が口から出たのか――。いや、内心、私はずっとこの犬のことを「亀夫」と呼んでいたのだ。亀夫が死に、もう誰もこの犬の名前は分からない。引き渡すことを考えて、犬に名前を付けるつもりはなかったが、いつしか私はこの厄介で、奇妙な犬に、あの亀夫を重ねていたのだった。

約束した週の日曜日、私はカメオと犬用品一式を車に載せて兄の家に向かった。一七六号線を走って武庫川《むこがわ》まで行き、阪急逆瀬川の駅を川沿いに甲山《かぶとやま》に向かって車を走らせると、次第に山間の景色になった。カメオは助手席で立ち上がり、窓ガラスに黒い鼻先を擦り付け、鼻息でガラスを曇らせながら外の風景を見ていた。

結局、亀夫の姉からの連絡はなかった。何か事情があって、連絡が遅れているのだろう、と私は心のどこかで連絡を待っていたが、こうなるともう、向こうに連絡する意思がないのは明白だった。止むに止まれぬ事情があったのだと思いたいが、亀夫の姉も申し訳ないと思いながらも、眼をつぶるような気持ちで私に犬のその後を託したのかも知れなかった。

兄に引き取ってもらうことを考えた時、せめて一言、犬を譲る旨の手紙を亀夫の自宅に投函しておこうかと思ったが、もうその必要もないだろう。

私が兄に送ったカメオの画像のウケは良かったが、画像は私が散々弄ったものだった。実物を見て、やっぱりイメージと違うと言われるのかも知れなかった。そんな不安があったが、実物を見て、もし姪が気に入り、話がまとまれば、兄家族は、カメオにとって最良の貰い手に違いなかった。

兄の家ならば、北に向かえばすぐ六甲山系、公園も近く、犬にとってはこれ以上ない環境だろう。六甲山の麓、ロードバイクで六甲山に上る時に私がいつも使う「東ルート」と呼ばれるコースの上り口だった。そうなったら私は六甲山に上る頻度を増やそうか。そうして、帰りにこいつの顔を見に行ってやろうか。その頃には「カメオ」ではなく、新しい名前を貰えているだろうけれど、私は密かに「カメオ」と呼んでやろう。窓に前脚を掛け立ち上がったカメオの背中とその小さな尻尾を見ながら私は思った。

六甲山から市街に降りる八二号線沿いにはまだ田畑が多く残り、僅かに開けた窓ガラスの隙間からは青物や土の匂いがした。カメオも鼻を顫わせて、その芳香を嗅ぎ取っているに違いなかった。

植物園の下の交差点から脇道に折れ、分譲地の提供公園を曲がると、ハウスメーカーが数社共同で分譲した区画が並んでいた。中にはまだ建築途中の家もある。兄の家はそれらの区画の一番奥にあった。

家の前に車を停めると、すぐに家の中から姪が飛び出して来た。そして助手席の窓にはりつくと、中の犬を見て、「かわいいィ！」と高い声を出した。私の心は晴れた。

車から降ろした犬のリードを私の手から奪い、姪はさっそく犬を連れ廻そうとしてリードを曳いた。後から出て来た兄に「こら、ワンちゃんびっくりするよ」とそれを止められると、姪は犬の前にしゃがんで「はい、お手！」と手を出した。ハアハアと舌を出したカメオは吠えもせず、見慣れぬ小さい人間をただ見ていた。

「お手はまだ出来ないなぁ」と私が姪に言っていると、「どうも、すいません。お休みのところ――」と言いながら義姉も出て来て、「わぁ、可愛いわねぇ」と娘の横にしゃがみ込んだ。

「やっぱりジャックラッセルテリア入ってるんちゃうかな？」と兄も覗き込むようにカメオを見て言うと、

「そうよねェ。――あら、耳は片方、寝てるのね」と義姉は応えて言った。

「テリアの血は入ってると思いますよ」と私はひとり悪ふざけのつもりで言った。

「ミルク！　ミルク！」姪はリードを曳いて駆け出した。

それがカメオの新しい名前のようだった。

「写真見ながらね、あの子、もう名前をつけてたんです」と義姉は微笑んだ。

表が賑やかなのを聞きつけて、二軒隣の家の扉が開いて、小学校二、三年生くらいの女の子が出て来ると、「かわいい！」と声を出して犬に駆け寄った。

姪とその女の子が駆けてリードを曳くのに、カメオは仕方なく付き合うといった感じでダラダラと駆けた。それから二人して、座り込んだカメオに「ミルク！　お手」、「ほら、ミルク！　お手」と芸を要求したが、やはりカメオはどこ吹く風で座り込んで、腹を出し、後ろ脚で耳を掻いている。

「あら、この子、おもしろい恰好ね」と義姉が、だらりと後ろ脚を前に放り出して座るカメオの座り方を見て笑った。「あ、ほんまや」と兄も笑った。

実物を見せるまで不安だったが、家族三人に囲まれるカメオを見て、私はようやく安心した。犬を預かり、約束を反故《ほご》にされ、一時はどうなるかと思ったが、呆れるほどうまく納まるところに納まった。闘犬の血を引くカメオも、賢い兄家族であればうまく躾けてくれるだろう。

「……じゃあ、そういうことやな。その人、ほんまにいいのかな？」と兄は場を締めるような調子で私に訊いた。

「もちろん。貰い手を探してたところやから。ここは自然も多いし。……ミルクちゃんも喜ぶと思うわ」

カメオは舌を垂らしながら、小さい黒い眼で私を見上げていた。

――な、良かったな、カメオ。私はカメオの頭を撫でた。

私はカメオを即日引き渡すつもりで来たが、迎え入れるにもいろいろ準備があるからと、その日の引き取りは断られた。それならばと、私がトランクに乗せて来たカメオの飼育道具を見せたが、兄は「いや、買うわ」と言い、それらの引き取りも断られた。その代わり、兄は犬を譲ってくれた人への菓子代に「これで何か――」と私に一万円札を渡した。

引き渡しをまた翌週の日曜日と決めて、親子三人と二軒隣の女の子に見送られ、

「お茶くらい」という義姉の誘いを断って、また私はカメオを車に乗せて兄の家を去った。
もう一週間。しかし、とにかくゴールが見えたのだから、私はなんとかその期間を
耐えれば良かった。
宝塚に戻り、マンション前を通り掛かると、砂川さんが階段上り口の掲示板付近を
うろついているのが見えた。私はそのままマンションを通り過ぎ、市役所の駐車場に
停めて、武庫川の河川敷でカメオを一時間ほど散歩させてから部屋に戻った。
そろそろ犬を隠しておくことにも限界が来ていた。砂川さんは少なくとも、私のい
る四階が臭いと睨んでおり、下手をすると、ほぼ私に的を絞っているのかも知れなか
った。「捜査」の網は確実に狭まっていた。決定的な証拠を押さえて、いつ私の部屋
に乗り込んで来るか分からなかった。
私は真夜中の散歩を続けた。日が延びて気候も次第に暖かくなっていたので、私自
身もロードバイクで駆け廻りたい欲求に駆られ、その日は仕事終わりに、西谷まで走
り、そのまま千丈寺湖、調子が乗って、更に乙原《おちばら》から峠を上って母子《もうし》まで走った。

クランクを廻す脚が軽かった。私は峠にも全力で挑み、立ち上がってペダルを踏んだ。反撃を繰り返すように峠の坂は、勾配の緩急をつけて私の登坂を阻んだ。

肺が収縮を激しく繰り返し、血液を送り出す心臓がパンパンに膨らんでいるのを感じる。ハァハァハァという呼吸の音が内と外から鼓膜を満たし、いつしか脚がずっしりと重く、乳酸が溜まっていくのが分かる。苦しい――。それでも止まらない。この斜度の坂では、ペダルに固定されたシューズのクリートを外し、一度脚をつけば再び嵌められない。――行け！　行け！　行け！　私は駆けるカメオの姿を思い出していた。

私はいつも自分を追い込み、坂を上った。もちろんプロでなく、市民レースに出るわけでもなかった。報酬も無く、賞賛も無く、全くの趣味。つまり遊びだったが、私は自分の脚と心肺を、そうやって限界まで、ギリギリまで追い込んだ。今更だということは分かっていた。学生の部活でも無く、今更そんなに藻掻《もが》いたところで、何も変わらず、会社員の私に、そんな脚力や体力はもはや不要なのだ。だからこそ燃えるのか。言ってしまえば、ただのストレス解消なのだが、時に私は、体力、心肺の限界まで無意味に追い込んだ。

汗みどろになって私が部屋に戻った時には、午後一〇時を過ぎていた。

カメオは大人しくダイニングのクッションの上で丸くなっていた。私はシャワーを浴びて飯を食べ、仮眠のつもりで布団に入ったが、目を覚ますと、朝だった。

私が起きるまでずっとそうしていたのか、私の寝室の前で、カメオは待ち構えるように立っていた。昨夜の恨みがあるのか、不満を訴えるように「クシュン、クシュン」と頻りに鼻を鳴らした。吠えはじめる前兆だった。まずいなと思ったが、出勤しなければならないので、私はそのまま部屋を出た。木曜日、あと三日の辛抱だった。

その日の日中、カメオはどうだったのだろう。それは私には分からなかった。ところが、戻ると、階段の集合ポストに「ペット飼育はマンションの規約違反です」と記された管理組合からのお知らせが入っていた。「居住者各位」となっており、他の住戸のポストからもそのお知らせの紙が覗いていたので、私は名指しされたわけではなかった。しかし考えられるのは、また何かがあって、砂川さんの、もしくは他の住人からの苦情で管理会社が動いたのだろう。

しかしもうここまで来れば、万が一見つかって問い詰められても、もう今週末にも

「処理」するということを説明すれば、それ以上は何も言われないはずだった。そう思うと、私は多少大胆になった。その日は、いつもより早い午後一〇時過ぎにカメオを連れ出し、車に乗せて山に向かった。

「カメオ！」呼べば、カメオは首をあげてこちらを向くようになっていた。「ミルク」と呼ぶべきなのだろうが、私にはやはり「カメオ」だった。

晴れた夜の草地を、カメオは背を撓《しな》らせてぐいぐいと駆けた。もはや拗《す》ねたように電柱の下でしゃがみ込んでいた犬ではなかった。かつてのそんな憾《うら》みを晴らすかのようにカメオは四肢に力を漲《みなぎ》らせ、黒い草叢を射るように走り抜けた。

もうカメオとは、こうして散歩することも無くなるだろう。いや、たまには連れ出して散歩してやろうか。そう思ってみても、何となく淋しさが残った。

翌朝早く、見たこともない数字の並びの番号からスマホに着信があり、出ると兄からだった。

今週あたまから出張でマニラに来ていたが、仕事のトラブルでどうしても現地を離れられないので、犬の引き渡しをもう一週間延ばしてくれないかと言う。

「いや、それはちょっと……」

「結花だけやと難しいから……すまん。本当に悪い」

――あと一週間。ギリギリだろう。

「……わかった。でも俺も、もう預かってるから。戻ったらすぐ、……平日でも頼むわ」

それに兄は同意すると、忙《せわ》しない様子で電話を切った。

それから、同じように焦らされた姪がせがむのだろう、兄に代わって義姉から来たメッセージは「お手数ですが……」とはじまって、娘が引き取るのをとても楽しみにしているという説明があって、「ミルクちゃんの画像」を送って欲しいと書いてあった。

それに応えて私は、連日カメオの画像を撮って送った。夜の草原を駆ける姿や、餌を食べる姿、後ろ脚を放り出して座り込む姿……。

その画像に義姉からは「カワイイ!」「コロコロしてますね」「やんちゃ坊主」とハートマークが混じった文章で反応が返って来ていたが、ある日、ふと「ミルクちゃん、けっこうくいしん坊ですか?」と訊かれ、その文面に、私は義姉のトーンの変化を感じた。

毎日、実物を見ている私は気づかなかったが、以前に送ったカメオの画像と見比べると、この三週間ほどで、カメオは明らかな変化を見せていた。

身体を支える四肢の肩と腰回りが、盛り上がりを見せてひと回り大きくなっていた。そうなると立ち姿も、余計にブルドッグに似てきた。正面から見ると、脚が弧を描くように湾曲していた。そしてクッションの上にだらしなく寝そべっていても、短い毛の下に隠しきれぬ筋肉のうねりが見えた。

餌と、それから毎日駆け廻らせている効果だろうか。いやそうでなく、これが抑えがたい本来の血なのだろうか。

白状すれば、抱きかかえて駐車場に連れて行く度に、徐々にその身が硬く締まってくるカメオの変化を、その重量感とともに私は感じていた。しかしそれを私は認めたくなかった。カメオは明らかに成長していた。覆いのタオルからも尻がはみだすようになって、もう明らかに小型犬の枠を超えていたのだった。

私はすっかり油断して、何も考えずに義姉に画像を送っていたが、しかし、もはや小細工で誤魔化せるようなものではなく、義姉はこの犬の躰の変化に気づいているようだった。

出国直前にマニラを襲った台風で足止めを食って、結局、兄が戻ったのは、更に週が明けた水曜日だった。

その間、私は何とか必死にカメオを匿《かくま》ってきたが、その間にも、ある程度戸数を絞ったような「ペット飼育禁止のお知らせ」が再び入り、四階を、特に私の部屋の前を探るようにうろつく砂川の姿を何度も目にした。流石に隣の篠田さんには菓子折りを持って行き、「少し引き渡しが遅れてまして――」と事情を話し、暗に口止めをしておいた。

兄は、戻ったその日の晩、スーツ姿のまま、ひとりで私の部屋に来た。マニラ土産のドライマンゴーを机の上に置くと、ダイニングを歩き廻っているカメオを、少し遠巻きに立ったまま見た。

「けっこう食べるみたいやな、この犬」

もはやそういうことではない程に成長しているカメオを見ながら兄は言った。もうジャックラッセルテリアの面影はどこにもなかった。

「結花も、もともとは動物苦手でな。小型犬を条件にＯＫしてたから、なるべく小さいのが良いみたいやわ……。楓花もまだ小さいからなぁ。――ちょっと二、三日考えさせてくれる？」

そう言ってから、兄はカメオを四方八方から、検査でもするようにスマホで何枚も写真を撮った。私は、カメオの正体が何か疚《やま》しいもので、それが露見し、目の前に晒されているようで心苦しかった。

事情の分からぬカメオは舌を垂らし、カシャッ、カシャッと頻りに兄に写真を撮られながら、小さい黒い眼でずっと私を見上げていた。兄に言いたいことはあったが、私は力が抜けてしまって、もう何も言えなかった。

二、三日と言っていたが、翌日すぐに兄は「勝手を言って本当に申し訳ないが――」と断りの連絡を寄越した。であれば、もっと早く断ってくれていたら、他に貰い手をあたれたんじゃないか――。砂川が動き出し、マンションでの状況も悪くなる前に。

いや、しかしそれも兄の所為ではないのだ。結局私が押し切られて犬を預かり、更には亀夫の姉にうまく騙された、のだろうか――。いずれにしても仔犬かどうかも分からない犬を、その事情を隠して、兄家族に引き取らせようとした私が悪いのだ。

兄からの連絡を受けた時、カメオはちょうど餌を食べ終え、満足したように鼻の頭を舐めながら、後ろ脚を投げだして部屋の真ん中に座っていた。カメオは、西宮の山の手のワンちゃん、「ミルクちゃん」に成り損ねたのだった。

「おい、カメオ！」と私は膝を叩いた。ピクリと反応してカメオは素早く立ち上がった。やはりその晩も私はカメオを山に走らせに行った。

――行け！　行け！　カメオ。

疾駆するカメオの背中を見ながら、私はARさんが語ったS峠の野犬の話を思い出していた。

カメオを放す。その考えはこれまでも何度か私の脳裏を過《よ》ぎっていた。

動物の遺棄。それを私はネットで調べた。犯罪行為だった。一〇〇万円以下の罰金とあった。いや罰金云々の前に、遺棄は虐待だとも書いてあった。犬や猫はそう簡単に野山で餌を得られず、飢え死にするということだった。餌を求めて里に下り、人間に殺されることもあるだろう。逆に野犬化した犬が人を襲うこともあると書いてあった。

「どうですか？　お兄さんのワンちゃん。ムダ吠え減りました？」

仕事中にそんなことを調べている私に、小山さんが声をかけてきた。近頃は私と犬の話をすることが多くなり、これまで眉一つ動かさずに黙々と仕事をしていた小山さんにも笑顔が増えてきた。

「効果覿面《てきめん》やね。広場で走らせたら、翌日はぐったり疲れてる……って。——でも」

「どうしたんですか？」

「でも、やっぱり飼育は、なかなか大変みたいやわ。変な犬やし」

私がそう言うと、小山さんは、「え、そうなんですかぁ？」と笑った。

「あ、写真ないんですか？　ワンちゃんの」

所長は大阪の支社に行き不在だったので、小山さんは気軽にそんなことを言った。

私は義姉に送ったカメオの画像を見せた。

「可愛いじゃないですかぁ！　何て名前ですか？」

ミルク――。と言いかけて、小山さんも例の現場の厄介な隣人のことは知っていたが、その名前までは知らなかった。だから私は言った。誰にも言えないあの犬の名前を、私は言ってやった。

「カメオ」

「カメオ？　え？　カメですか？　ははは、面白いですね」と小山さんは両手で口を押さえて笑った。

夕方になって戻った所長から喫煙室に呼ばれ、行ってみると、所長は長い煙を吐きながら言った。

「すまんな、高見くん。抵抗したんやけど、あかんかったわ」

床置空調機の縁に腰かけて脚を伸ばし、くたびれたように所長は項垂《うなだ》れた。

新築倉庫の件で、所長と私に処分が出るということだった。ということは結局、東課長が工務店と話したところでダメだったのだ。

翌日、会社の電子掲示板に「通知」と題された文書データが添付されていた。見ると、そこに所長と私の氏名が書かれ、処分の欄に所長は「厳重注意」、私は「譴責《けんせき》」と書かれてあった。私は奥歯を噛んだ。――行け、行け、カメオ。通知文書を見ながら、なぜか不意にそんな言葉が肚の底に湧いた。

昼にマンションの管理会社の担当から電話があった。

「間違いでしたら、すみませんが……。お部屋でワンちゃんとか飼育されていませんかね？」

担当の男はひどく丁寧な調子だったが、質問はストレートだった。

「犬なんか飼ってませんよ。ただ、先日、兄が犬を連れて遊びに来ましてね。その時うるさかったかも知れません。すみません」

「そうでしたか。一応、マンションの敷地内はペット禁止ですので。遊びに連れて来るのもご遠慮ください。以後、ご注意いただければと思います」

私が言ったそんな嘘を、管理会社の担当はそのまま砂川に説明するのだろう。「おかしいやろ！　そんなん」と、それを聞いた砂川は怒るだろう。

「なんですかあれ！　とばっちりですよね！」

給湯室に行った私を追って来て、小山さんが言った。処分のことを言っているのだろう。そんな小山さんを「しゃーないよ」と宥めて、私は冗談でも言うように訊いた。

「ところで小山さん、もう一匹欲しいとか思ったりせえへん?」

「え? もう一匹? ……あ、いやぁわたし、本当は、猫派なんですよ」

少し困惑したように小山さんは笑った。

私の最後の一手は、うまくかわされてしまった。犬を手放せば、もう私が犬の話をすることも無くなるだろうけれど、もしうまく犬を「処理」できたら、本当に小山さんを食事にでも誘おうか、そんなことを私はふと思った。

仕事を終えて自宅に戻ると、チャイムが鳴った。覗き穴から見ると、砂川とスーツ姿の、管理会社の担当らしい若い男が立っていた。砂川は管理会社の説明に納得がいかなかったのだろう。

カメオはダイニングをパタパタと歩き廻っている。扉を開けて誰かの声がすれば、すぐにカメオは吠えるだろう。兄が来た時もそうだった。

私は息を詰めながら覗き穴から二人の様子を見ていた。再びインターホンを押して待ちながら、砂川は廊下から駐車場を見て、「車あるんやけどなぁ」と担当の男に言う。

しばらく待って、私が出て来ないと諦めたのか、砂川は隣の篠田さんの部屋のインターホンを押した。

出て来た篠田さんに、砂川は「あ、すみませんねぇ」とペコペコと頭を下げながらも、「お隣さんね、犬飼ってません？　鳴き声とか聞こえませんか？」と詰め寄るように訊いた。

「さァ、どうでしょう。わたしもあまり家にいませんので……」と細い声で篠田さんが答えるのが聞こえる。

期待はずれの返答に、砂川は少し苛立った様子で、「いや、でも、あなたも鳴き声くらい聴いたことあるでしょう！　お隣なんですからぁ」と責めるように言った。

そんな調子の砂川への反感がそうさせるのだろう。「わかりません、失礼します」と口早に言って篠田さんは戸を閉めた。

管理会社の男は面倒を嫌がるように、「また、お知らせを投函しますから」と砂川を宥めた。

「間違いないんや。見たんや。アイツが犬抱えて階段降りてくとこ！」

砂川はこちらのドアを指さし、大声を出した。恐らく次に顔を合わせた時には、部屋に入れろ、中を見せろ、と私に食って掛かるだろう。

決行は今夜しかないと思った。深夜〇時、日付が変わったら部屋を出よう。しかし、いきなり、そんな大それたことが実行できるだろうか。私は準備するものを考えた。しかし考えてみると、引き取る時とは逆に、棄てるのであれば、準備すべきものは何もなかった。

カメオを放す。そう決めてみても、やはり私には躊躇いがあった。犯罪だということ。虐待だということ。しかし私は躊躇いを引き摺ったまま、深く考えることを後回しにした。この問題は、いつでも自分ひとりで立ち止まり、やめることができると思ったからだった。それよりも私は実行について考えを巡らせた。

できるだけ山深い峠にカメオを放そう。あのＡＲさんが尻を嚙まれそうになったＳ

峠――。しかしS峠は既にそれら野犬の縄張りだろうか。とにかく、そんな誰も寄り付きそうにない山の中。

　カメオは部屋の中を駆け廻って私に尻尾を振った。「ウォンッ！」と吠えて餌をせがんだ。前脚で餌用の皿をカチャカチャと掻いた。カメオの為に買った物、折り畳みケージや餌、ペットシート、トイレトレー、カメオ用にした餌の皿、これらは全てゴミになる。

　カメオは山でうまく野ネズミや虫を捕らえて食べることができるだろうか。捕食できず、飢えるかもしれなかった。ならば、せめて食い溜めだと思い、やはりゴミになるしかない缶詰の残り四つを私は次々に開けた。開けている先から周囲に漂う匂いに興奮したカメオは鼻の頭を舐め、「ウオンッ！　ウオンッ！」と激しく吠えた。聴きつけた砂川がいつ押し掛けてくるか分からなかった。

　チャッチャッと音を立てながら、カメオは皿に盛った餌を食った。

　私は仮眠をとろうとして横になったが、寝付くことができなかった。どこか下の階から、帰宅する住人の扉を開ける音が聴こえてくる。

やがてそのまま午前〇時が来て、私はダイニングに行き、クッションの上で丸くなっているカメオを見た。カメオはすぐに散歩だと察して、勢い良くその場で立ち上がると、ひと声「ウオンッ！」と吠えた。

私は北に向かった。夜中でも国道は車が多く、沿道の店の照明は時間を錯覚させるような明るさだった。JR宝塚駅から西宮北部、すぐに山の中を行く道になる。しかしこんなところでは全然ダメだった。それは、ちょうどロードバイクで走るのに適さないのと同じだと思った。

いくつも山を越えた、もっと鄙《ひな》びたところ。昼間でもあまり人や車の通りがないところ。もっと言えば、ARさんがシクロクロスで乗り込むような未舗装路のグラベル。こんなところにいるのは自分くらいだろうと思っていると、ふと他のライダーに行き当たり、互いに驚いて、自然と笑い出してしまうような山奥——。そんな場所こそが、カメオを放すのに相応《ふさわ》しいはずだった。

ARさんが野犬に遭遇したというS峠には、私も何度か上ったことがあった。確かにあのあたりなら野犬が棲みついていても不思議ではないと思った。車のナビの目的地を、おおまかにS峠のあたりに設定して車を走らせながら、途中適当な山、峠があればそこに放しても良かった。

カメオはいつもと違う、新しい草原にでも連れて行って貰えるものだと思っているのか、いつものように助手席で立ち上がって車の窓の縁に前脚を掛け、舌を垂らしながら外を見ていた。

下山口《しもやまぐち》、道場《どうじょう》――。新三田《しんさんだ》の駅前は明るく、商業施設の看板の明かりが目立った。広野、藍本、草野、古市《ふるいち》、道に沿って走るJR路線の駅が道の傍らに時折姿を見せる。

篠山口、丹波大山、丹波篠山。去年は断ったが、秋になると黒豆を求めて丹波篠山までライドする。往復一〇〇キロほどのミドルライド。ライドとしてはそれほど遠方とは言えない。そう思うとやはり心許なかった。こんなところではまだ近辺なのだった。下手をすればカメオは山道を辿って、ある日私の部屋の玄関戸を引っ掻きに戻るかも知れなかった。

沿道にラーメン屋が見えた。何も食べていなかったので私は急に空腹を感じて、ラーメン屋の駐車場に車を停め、カメオを車内に残したまま、薄汚れた黄色い暖簾《のれん》の掛かるラーメン屋に入った。

四月ももう半ばだったが、夜はまだ冷えた。私は店でただしょっぱいだけのラーメンを啜り、車の窓を見ると、助手席の窓からカメオが片方だけ立った耳を見せて、小さな黒い眼を覗かせてこちらを見ていた。

戻ると、カメオはくたびれたのか、助手席のシートの上に伏せていて、そのままの恰好で眼だけをあげて私を見た。

ラーメン屋の駐車場の裏手に川が流れていた。川を隔てるフェンスに設置された看板には「不法投棄は犯罪です」と書かれていた。私と同様、人目につきにくい郊外に「モノ」を棄てに来る輩《やから》が多いのだろう。

犬や猫も法律的な扱いは動産だから、言ってしまえばモノであって、不法投棄に違いなかった。いやもっと言えば、私が棄てようとしているモノは、棄ててからも動き回り、且《か》つ攻撃性もあるので余計に性質《たち》が悪いと言えるだろう。そもそも動物愛護管理法でも罰則がある。じゃあ、過失ならばどうなのだろう。自ら動くのだから逃げ出すこともあるはずだろう。そんな曲論と言えるバカな考えがふと頭に浮かんだ。

砂川と管理会社の担当の突然の来訪を受けて、考えも纏《まと》まらないまま、半ば勢いでとび出して来たが、やはり私は怖気づいていた。

本当にこのまま犬を放して良いのだろうか——。車を走らせながら考えた。もっと根気強く、犬の貰い手を探すべきじゃなかったのか。それ専用のネットの掲示板などもあるだろう。しかしその間、犬をどうするのか。ペットホテル。いや、それこそ短期間だけでも兄に頼んで「ミルクちゃん」にして貰うことはできないか。多少後ろめたさのあるはずの兄は受け入れるだろう。あるいは全部正直に事情を話して、小山さんに——。いや、私があの部屋を諦め、ペット飼育可の賃貸に引っ越して、ちゃんと責任を持って自分で飼えば良いだけだった。窮屈な思いもするだろうし、自由に使える金も今より減るだろうけれど、それが一番正しいはずだった。

しかし一方で、私はある危険な幻想にも憑《つ》かれていた。

山際を霧が昇り、その全体も名前も分からない山脈とその峠の向こう側。蒼白い靄《もや》が絡む木立の奥にある草原で、カメオが思う存分に駆け廻っている。虫を追って草叢にもぐり、ふと物音に首を伸ばし、露に濡れた鼻を舐めてあたりを見廻す。周囲に異変のないことを確かめて、また草原を駆けて行く。——行け、行け、カメオ。私はそんな幻想の景色の中のカメオを想った。

犬を、カメオを放ちたい——。カメオの四肢はもっと躍動を求め、疼《うず》いているはずだった。

あの亀夫が死ななければ、ヤードの中でただ寝そべって、亀夫の足元に座り込み、たまに家の前を往復するだけの日々だった。何も思わず、何の疑問も持たず、それを苦にも思わず、ただ来る日も来る日もヤードの中で寝そべって、ポリカーボネートの屋根を打つ雨音を聴き、陽に照らされて渇き、あるいは寒さに震え、亀夫から与えられる缶詰が唯一の愉しみで、他には何の望みもなく、それで一生を終えるはずの犬だった。

ところが飼い主の亀夫が死に、ひょんなことから私に預けられ、神戸から宝塚にやって来た。窮屈な思いもさせただろうが、しかしその中で駆けることを覚え、本来の自分の種が持ち得る力を自覚したのだった。

このままひとり身の私が飼い続けたところで、やはり窮屈な思いをさせてしまうだろう。それならばいっそ、――いや、違う。それは間違いなく私の言い訳だろう。私は今、犬を棄てようとしている。処分しようとしている。私は今の暮らしを維持したいだけなのだ。それには犬が邪魔だった。犬の特性、本来の力などと言って、自分の身勝手さを正当化しているだけなのだ。もっと駆け廻りたいだろうなどと犬の特性を持ち出してみても、何世代にも亘って掛け合わされ、品種「改良」されて、もはや人間の世話無しでは生きていけなくなっている犬に、今更そんなことを言うのは都合が良すぎるのだ。

カメオは野では生きていけない。私が犬本来の性質などと言い出すのは見当違いも甚だしいのだ。だから野に出れば、おそらく、カメオは死ぬだろう。人間がパッキングした缶詰を食っていたカメオは、飢えるか、他の野犬に殺されるか、捕獲され、殺処分されるか。現代においてはもはや野を取り巻く環境が違っているのだから。

それは分かっている。分かっているが、しかしそれを考えてみても、私は、私の危うい幻想を捨てきれなかった。結局は飢えて死んでも、捕獲されて殺されても、それでも、嬉々として野を駆けられればカメオは幸福じゃないだろうか。あらん限りの力を発揮して、限界まで、力尽きるまで駆けられれば。猛牛の頸に食いつく闘犬の力と同じく、そんなものはもはや不要なものだとしても。

いや、それもまた違うのかもしれない。私はただ自棄《やけ》になっているだけかも知れなかった。会社の掲示板で自分に対する処分を見てから、ずっと、やり場の無い怒りを消化できずにいた。いや、それもどうだろう――。分からない。

いつの間にかS峠を通り過ぎていた。カメオが棲みつくのに適しそうな峠を暗闇の中に求めて、私はただ漫然と車を走らせているだけだった。

街路灯が点々とどこまでも続く国道は、いくら走ったところで、それは当然、人跡が色濃い場所で、カメオにとって適当なところであるはずがなかった。そのまま走り続ければ、やがて私は日本海の波の音を聴くことになるだろう。そうして夜通し車を走らせて、カメオを乗せたまま、また宝塚に戻ってくるのかも知れなかった。それはそれで良いのかも知れない。私の気も晴れるだろう。諦めもつくだろう。

国道を走らせていると、道の先の路肩に、停車させられたミニバンと、赤色灯を回すパトカーが見えた。そのまま進むことに、私は何となく気が引けて、古いラブホテルの看板の立つ脇道に入った。田畑を区切る一本道が森の先の小さな集落まで続いている。

ナビで見るこの辺りも、ライドでは何度か走ったことのある場所だった。ロードバイクで走る日中ならば建物や山の景色に思いつく場所もあり、そこから主なルートは思い出せるはずだったが、外灯も乏しく、暗闇の中、道を照らす車のヘッドライトだけが頼りになると、私は記憶のルートと、目の前の景色を重ね合わせることができなかった。

集落の間道は狭く、目指すべき方向と逆であっても、車で進むことのできる道は自ずと決まってくる。集落を抜け、いつの間にかナビにもないような山道に入り込むと、その先は丸太が掛けられ、通行止めにされた山道であったり、とても車が乗り込めそうにない農道であったりした。引き返し、細い道を抜け、思いがけず拓けた野原に出たかと思うと、畦道に入り込んでいて、それは広大な田圃だった。私は完全に迷っていた。

茫々と広がる田圃の中にヘッドライトが光り、遠方から見ると、それはひどく目立ち、不審に見えるだろうと私は思った。長時間のドライブに流石に飽きたのか、カメオは僅かに鼻息を立てながら助手席に伏せていた。

まだ集落は近く、民家が点在していたが、ナビを見ると、そこから山脈を示す楕円形の連なりが、ずっと北西に広がっている。こういう場所であれば、まだ犬が棲息しやすいのではないかと私は思った。

錫《すず》色の空に、僅かに赤みを帯びた雲がまばらに散っていた。その星の無い薄闇にひと際高く黒く聳《そび》える山に向かって私は車を走らせた。

カメオはあたりを確かめるように少し首を擡《もた》げ、それから私の膝の上にアゴを乗せた。

思えば、カメオを引き取り、今日まで、それほど長い間じゃなかったが、こいつは私に懐いている。私が帰宅すると玄関まで駆けて来る。名前を呼べば寄って来る。クッションの上に丸くなっている時も、首を動かして、ずっと私のことを目で追う。それはまさに飼い主と愛犬の関係とも言えた。そう考えると、ひょっとするとカメオを山に放そうとしても、逃げていかないのではないだろうか。

一頻り野原を駆け廻り、やがて走り疲れて、トボトボ私の方に戻って来るんじゃないだろうか。だとしたらどうするか。そのまま立ち去ろうとしても、離れまいと迫って来るのかも知れなかった。であれば、初めて嗅ぐ土や、草の匂いにカメオが興奮して駆け廻っている間に逃げようか――。いや、そんな騙し討ちのようなことは流石に気が引けた。戻るつもりがあるカメオを置き去りにするようなことは、もう、私には出来なかった。

しかしそれも私の杞憂《きゆう》であって、思い上がりであるのかも知れない。カメオはこの山深い野辺の香りを嗅げば、途端に忘れていた本能を呼び覚まされ、山に帰って行くのかも知れなかった。そうやって、もしカメオが山を、野を択ぶのであれば、私は「仕方なく」見送れば良いと思った。狡《ずる》いようだが、そうやって決断を犬に委ねようと考えると、私はいくらか気が軽くなった。

田圃を区切る道に山林が迫り、雑木林の中に入り込む道になって、徐々に勾配がついてくると、いつの間にか完全な山道になった。

山に入ると沈むように暗さを増した。まさに墨を流したように、まったく隙間なく塗り込まれたような闇が周囲を覆った。車のライトが照らす道だけが白く浮かんで見えて、それが前方だと分かるが、後方を映すドアミラーはただの黒い板になり、距離感が摑めず、時折ある凹凸でふわふわと車体が浮くと、平衡感覚が狂うようだった。その間も、私は果ての無い問答を自分の頭の中で延々繰り返していた。

それでもやはり、カメオが戻って来て、私が「もう行け」と促したとしても、私のもとから離れなければ――。その時はもう、諦めよう。父親に宝塚の中古マンションの実勢の相場をちゃんと説明し、売値を見直させ、早く売却するように説得しよう。父親の為にもその方が良いのだ。私はあの部屋を出て、ペット飼育可の賃貸を探してそこに移り、登録などの手続きを済ませて、ちゃんとカメオを飼ってやろう。仕方ない。それでこそ、あの亀夫の弔いにもなるだろう。それから、結局、兄の犬を引き取ったと言って、それを口実に小山さんを誘ってもいい。

カメオが戻れば、私は犯罪に手を染めずに済む。そう思うと、やはりそれが一番良いように思えた。怖気づいていた私は、急に明るい気持ちになった。犬に興味は無かったが、仕事終わりに部屋に戻ってきて、犬が、カメオがいる生活も悪くない。――それで良いんじゃないか。そして、それを決めるのも、今、私ひとりで出来るのだ。何もカメオに判断を委ねなくても、今ここで、自分で決めれば良いのだった。どこかこの先、道幅が広くなった処で車の向きを変え、そのまま山を降りて行けばいいのだ。

車は路上の大石を踏んで大きく揺れた。いつしか舗装もなくなって、岩や木の根が剝き出しになった道になっていた。道幅は広がるどころか狭まっていった。朧《おぼろ》げに光る白いライトで、手前だけ道の状態が確認できたが、その先は見通せなかった。

カメオが山を択んだら――。私は犯罪者になる。深夜のラーメン屋。――防犯カメラ。夜中に犬を連れた男。田圃の中の不審な光。どこからか捜査が私に辿り着くのだろうか。ある日、私の部屋の扉を叩く音を聴いて出ると、それは砂川ではなく、捜査官ということになるのか。取り調べで私が「逃げたんです」と弁解してみたところで、鼻で笑われるのだろうか。こういうのを「未必の故意」と言うのだろうか。いや相手は犬だから「そんなものは必然だろ」と言われるのか。それでも「逃げた」と言い張れば、多少刑罰は軽減されるのだろうか。しかしそんなことが会社に知られれば、私はどうなるのだろう――。

しかし最も恐いのは、腹を空かせたカメオが里に下り、人を、子どもを襲うことだった。もしくは登山者を。であれば、その前に餓死するか、既に峠に棲みついている他の野犬に殺されでもした方が良い。残酷なようだがそれはそれで仕方ない。それが自然なのだろう。

カメオは寝ているのか、それとも眼をあけたままだろうか。カメオは私の膝に首を凭《もた》せ掛けたまま、時おりフッと鼻から息を吐いた。

――やはりこいつの方でも俺と離れ難いんじゃないだろうか。私はそんなことを思った。亀夫に飼われていた時と違って、自由に家の中を歩き廻ることができ、餌もいつも缶詰だった。それもカメオにしてみれば悪くない食事のはずだった。夜は夜で山に走りに行ける。悪くない飼い主だろう。

私は揺らぎながら山道を進んだ。回転帯にできるようなスペースは現れぬまま、そのうちに尾根に出たのか、勾配の緩い道がしばらく続くと、不意に左手に広い草地が現れた。

そこは広場のようであり、公園のようでもあり、駐車場のようでもあった。人工的につくられたような広場には、数本の灌木が不規則に残っていた。何かの広場だったのか、それを作ろうとして遺棄された工事現場なのか、地面は一面、草に覆われていた。ライトに照らされ、草叢の中に縞鋼板《しまこうはん》のようなものも見えた。

私は確かめようと、その中に車を乗り入れた。車のライトが一瞬周囲を巡るように照らすと、広場の先の木立が見え、この広場が相当な広さであることが分かった。車のタイヤが固い地面を擦る音と振動に、カメオが首を擡げた。

ここで車の向きを変えて、来た道を引き返すことも出来た。が、私は思いがけず出現したこの奇妙な、半人工的な草原に興味を惹かれ、しばらく眺め入った。このあたりに開発の計画でもあったのか。展望台にでもなる予定だったのか。ただの公園だろうか——。

ヘッドライトの光芒の中に、雪のように無数の羽虫が飛び交うのが見えた。車のエンジン音が周囲にうるさかった。私はエンジンを切った。すると代わりに周囲の闇から沁み出してきたのは、喧《やかま》しいほどの虫の鳴き声だった。車内のルームライトがぼんやりと点くと、カメオも助手席の上で立ち上がって周囲を見渡した。犬は夜目が利くのだろう。素早く首を捻ってあたりを確かめている。

やがて車のルームライトの灯りがふっと消えると、絞るように闇が収縮して来て、完全な闇が私とカメオを包んだ。私は慌ててルームライトを点けた。

カメオは突然、早く出せと窓を掻き、「ウオンッ！　ウオンッ！」と吠え立てた。まわりが全くの闇なので、私はヘッドライトを点けてから外に出た。山の嵐気はひやりと寒く、湿気た空気が重たかった。カメオはすぐに辺りを駆け廻ろうとして、リードは釣り糸のようにピンと張った。これまでにない力だった。先へ先へとリードで私を曳きながら、カメオはいつものように周囲の草の根に鼻先を突っ込んで嗅ぎ廻った。

湿った草が強くにおい立って息苦しいほどだった。歩くとすぐに足元が夜露に濡れた。リードを外すことを私が躊躇っていると、スルスルとリードが巻かれ、カメオは私のところに戻って来た。腹が減ったのだろう。私の膝に前脚を掛け、ズボンのポケットを嗅ぎ、中のサイコロ肉を出せと訴えた。

いつもリードを外したカメオを呼び寄せる為に、私はズボンのポケットにサイコロ肉をいくつか忍ばせていた。左のポケットに入っているそのサイコロ肉を二つ、カメオの足元に抛った。カメオは闇の中ですぐにそれを探り当て、噛むたび首を傾げてサイコロ肉を食った。

——やはりカメオに委ねよう。いや賭けてみよう。もしカメオが戻るなら本当に住み替えても良い。家賃の負担は大きくなるが、それも仕方ない。腹が減ったとサイコロ肉をねだりに来る犬だ。やはり戻ってくるのかも知れない。それとも、カメオが本当に野を択ぶのなら、それも仕方ない。飽きるほど野山を駆ければいい。

カメオはまたリードを強く曳いた。湿気た草の匂いが堪《こた》えられぬと言うように、カメオはまた草の根を掘って鼻頭を突っ込んでいる。

「カメオ!」と私は声を出した。

強く張られたリードの先でくるりと振り返り、カメオはちらりと私を見た。

「カメオ!　お前は山がいいか?」

私が声に出してカメオに話し掛けたのは、それが初めてだった。なんだ?　とでも言うようにカメオはまた振り返ったが、またスルスルとリードを伸ばしながら離れ、あたりの地面を嗅ぎ廻った。私はもう一度「カメオ！」と声を出し、サイコロ肉をやる時の「来い！」と云うサインで、左太腿を叩いた。

「カメオ！　来い！」

するとカメオは、闇の中から舌を垂らしながら駆け戻って来て、黒い小さい眼で私を見上げ、しゃがんだ私の腿に前脚を掛けた。私はその前脚を握り、カメオの柔らかい肉球に触れた。

車のヘッドライトがサーチライトのように草原を浮かび上がらせていた。

私は残り三つのサイコロ肉の二つを取って地面に抛った。やはり遺棄された工事現場だったのだろう。草叢の中にひび割れたコンクリ土間があり、赤錆《あかさ》びた敷鉄板のようなものが埋まっている。二つのサイコロ肉はその上で左右に分かれて転がって、カメオはそのどちらに最初に食いつくべきかを少し迷ってから、左、右と次々に跳びかかり、前脚で挟み込んでサイコロ肉に食いついた。

私はゆっくりとカメオの背後から近づき、そっと背中のハーネスのロックを外した。

剝き出しになったカメオの背中は、更に肉付きが良くなって、肩から腰まで血管が浮き、鍛え上げられたような筋肉の山が押し合っていた。これが血なのか――。僅かな明かりに陰影が強調され、その精緻な造形はどこか凄惨な感じがした。もはやそれは草叢の中の一匹の獣の背中だった。私はカメオの中に流れる血を、今更ながら懼《おそ》れた。やはり部屋の中で飼えるような犬ではないのだ。

カメオはハーネスのロックが外れていることに気づかずに、サイコロ肉を頰張っていた。いつもリードは外したが、ハーネスを外したことはなかった。そのハーネスが解かれていることに気づけば、カメオはどう感じるだろう。どうするのだろう。解放感に狂喜して駆け出すだろうか。私はいつもそうしているように、駆け廻るカメオを呼び戻す為、ズボンの左ポケットに、サイコロ肉を一つだけ残していた。

草叢の中でサイコロ肉を味わっていたカメオは、ピタリと一瞬動きを止めた。自分の躰をいつも縛っていたハーネスが解かれていることに気づいたようだった。スルリとカメオの脚元にハーネスが落ちた。

するとカメオは跳びはねるように立ち上がり、背中を弓なりに撓らせて猛然と駆け出した。車のヘッドライトを掠め、瞬間、火花が散るように体毛が煌《きら》めいた。カメオはライトが照らす光の道を真っ直ぐに駆けて行き、そのまま、先の草叢に跳び込んだ。

一瞬のことだった。私は呆気にとられた。躊躇いもなく、私の方をちらりとも見ず、カメオは草叢の中に消えた。カメオを飲み込んだ草叢はもう何事もなかったかのように、枝葉ひとつ揺れていなかった。

これで終いなのだろうか——。私は信じられない思いでその場に佇んでいた。私は矛盾する「期待」を捨てきれなかった。草叢の奥の木立の中を一巡りして、帰ってくるカメオを、木の葉を頭につけて、草叢の中からガサリと首を出すカメオを、私は待った。あまりに呆気ない幕切れに、寧ろ私は不可解な動揺を感じていた。

やがて静寂が闇から立ち上がり、虫の音が湧き立って来ると、それが闇とともに積もり、その中に没するかのように思った時、私は叫んだ。

「カメオーッ!」

「カメオーッ!」もう一度叫んだ。一つだけ残したサイコロ肉を抛った。左腿をタンタンッと叩いた。それからまたカメオの名を叫んだ。

*

「日本海を見に行きませんか？」とEVOさんから連絡があった。

香爐園《こうろえん》の浜から舞鶴まで、瀬戸内海と日本海を繋ぐ二五〇キロを超すロングライドの誘いだった。私はいつも朝の七〇キロほどのソロライドばかりだったので、ロングライド、それもトレインを組んでのグループライドに飢えていたためすぐにその誘いに応じた。

まだ昏《くら》い内から西宮のヨットハーバーの前に集合し、兵庫と京都と山々を駆け抜けて、昼には舞鶴港に着き、そこで海鮮丼を食べて折り返す。それで行けば日が暮れるまでには阪神間に戻れる。

私は浜の近くの駐車場までロードバイクを積んで車で行ったが、堺から来ているARさんは、いつもと変わらず西宮まで既に約三〇キロの距離を自走して来た。

ＥＶＯさんのチーム六名でトレインを組み、先頭交代しながら協力して長距離を走り切るので、出来る限り体力は温存すべきだった。ところが、山に入って峠があると、いつも誰かがトレインから抜け出し、それをすぐに何人かが追ってアタック合戦になる。残る連中は、本場のサイクルレースさながらフランス語の「Allez」の掛け声で、「アレ！　アレーッ！」と囃し立てる。峠の頂上を獲ればキングオブマウンテン、仲間からＫＯＭ《ケーオーエム》と呼ばれた。

「ＫＯＭだれ？　え？　またＡＲさんかぁ」その日、ＡＲさんは五連勝だった。

天気も快晴、皆の脚も軽かった。そんな遊びで脚を削りながらも、集団での高速の走りに皆も盛り上がって、調子も良かった。

予定通りに昼には舞鶴に着き、豆さんが調べていた店に入って海鮮丼を食べた。

帰路、綾部のあたりで、ＡＲさんが「近くに峠があるんですけど、ちょっと寄っていきませんか？」と言うと、ナゴナゴさんが「え？　またグラベルちゃうん？」と笑った。

「いやいや、オンロードです。今日はオンロードしか行きませんよ」

先頭を走りながらARさんは振り返って両手を広げた。

「上ったらね、イイ眺めなんですよ！」

そう言うARさんの案内で、我々はコースを外れてその峠に向かった。

やがて峠が近づいて、私がトレインの先頭になった。なるほどARさんが好きそうな、地元の人でも使わなそうな、ほとんど廃道になったような道だった。樹木に覆われ、仄暗く、路面のアスファルトは割れに割れて苔生《こけむ》して、草が生え、私のすぐ後ろについたSAITOさんが「ほとんどグラベルだろ！」と叫んだ。皆が笑う。

高い杉木立を縫う道だった。まっすぐに伸びた木立の間から、チラチラと光りながら陽がトレインを追ってくる。

「その先が頂上です」と私の傍らまで出て、ARさんがうねる道の右手方向を指して言った。

「あ、イノシシ」と誰かが言った。うねる道の先、斜面の樹々の間を動く幾つかの黒い影が見えた。猪たちの影もまた我々と競うように山の斜面を上っていた。

コーナーに差し掛かると、樹々の切れ間に馬の背になった頂きが見えた。その瞬間、道の先の頂きに、五、六匹の野犬がどっと躍り出た。それは猪ではなかった。

「ワッ！　野犬やん！」ナゴナゴさんが叫んだ。

「逃げますよ。きっと。こっちも群れですし――」そう言ってARさんが先頭に出たので、誰も脚を緩めない。

頂きを占めるように野犬たちはゆっくりと道に広がった。毛足の長いコリー犬や、尻尾を丸めた小柄な柴犬、灰色の、狼のような犬までいる。そして私は、先頭に立って周囲を警戒する、蟹股《がにまた》で、頭ばかり大きく、尖った耳が片方だけ垂れた犬に眼を瞠った。

――カメオ！　いや、まさか。似ているだけかも知れない。結局あれはどこの山だったのか。しかし、どこであっても山伝いに尾根を渡り、そうして野犬の群れに加わり生き延びて、もしかすると、その頭目にでもなったというのだろうか。あのカメオが――。

思わず私は腰を浮かせた。ギアをアウターに入れ、腰を入れて脚を踏み込み、野犬の群れ目掛けてスピードを上げた。

「あ、高見さんが出た！」誰かが言うと、後方でバチンバチンとギアを上げる音が次々にして、数人が同時に仕掛けにかかる。

　野犬たちは道に散って、食料でも探すように地面を嗅ぎまわっている。

　仕掛けにかかったメンバーは、鍔迫《つばぜ》り合《あ》いのように前輪を互いの前方に差し合う。一人落ち、また一人落ち、ＡＲさんも一度下がって、また前に出る。それを私はもう一度抜き返して先頭に出た。それに被せて更に前に出たのはＥＶＯさんだった。私の前に前輪を捩《ね》じり込ませて、肩を当てんばかりに私に迫った。激しい息遣いがすぐ耳元で聴こえる。

「あ、ＥＶＯさんが本気出したぁ！」切れていく誰かが叫んだ。

　野犬たちは駆けあがって来る我々に気づくと、一斉にこちらを見た。すると先頭のカメオに似た犬はくるりと向きを変えると、駆け出してパッと木立の中に跳び込んでしまった。他の犬もそれに続く。

「カメオォーッ！」私は叫んだ。

「カメオォーッ！」私はまた叫んで、左腿を叩いた。ギアを上げた。貫くような痛みが大殿筋に走った。それでも踏む。行け！　行け！　行け！

　ついに私はＥＶＯさんを抜き去り、先頭に出た。そのまま駆け上がって峠の頂きに滑り込んだ。もう野犬の群れはいない。私は彼らが跳び込んだ木立の前を走りながら叫んだ。

「カメオォーッ！」

　木立の先は散り散りの光が静かな闇に漂って、仄《ほの》かな明るさを見せていたが、もう野犬の姿はどこにも見えなかった。

　そう、それでいい。行け！　行け！　カメオ――。

　ＥＶＯさんを先頭に、チームの皆も追いついてきた。そして私の叫びを何かの掛け声とでも思ったのか、頂上を通過しながら皆、口々に「カメオォー！」「カメオォー！」と叫んだ。

　頂上からは靄の中に列島のように浮かぶ、柔らかな起伏の京都の青い山々が一望できた。

　頂きで速度を緩めて流しながらその景色を眺め、皆それぞれに下りはじめると、Ｅ

ＶＯさんが追い抜き様に私の肩を叩き、「ナイスＫＯＭ！　カメオさん」と言って笑った。

そして皆は、また口々に「カメオォー」と叫びながら、樹林を潜る蒼い峠道を滑るように下って行った。

初出　「群像」二〇二一年七月号

松永K三蔵
（まつなが・けー・さんぞう）

1980年生まれ。関西学院大学卒業。兵庫県西宮市在住、六甲山麓を歩くのが日課。

2021年、本作「カメオ」で第64回群像新人文学賞優秀作を受賞しデビュー。

2024年、第２作「バリ山行」で第171回芥川龍之介賞を受賞。著書に『バリ山行』がある。

カメオ

二〇二四年一二月一〇日　第一刷発行

著者　松永《まつなが》K《けー》三蔵《さんぞう》
発行者　篠木和久
発行所　株式会社講談社
〒一一二-八〇〇一　東京都文京区音羽二-一二-二一
電話　出版　〇三-五三九五-三五〇四
販売　〇三-五三九五-五八一七
業務　〇三-五三九五-三六一五
印刷所　TOPPAN株式会社
製本所　株式会社若林製本工場

KODANSHA

ISBN978-4-06-537826-7